KB071710

김해자 연정수필

블라인드

'만나다'의 단어 뜻이 '마주 대하여 본다'라는 사전적인 의미로
따진다면 이 말은 사실이 아니다. 우리는 마주 대하여 본 적이 없다.
그가 나타나면 나는 블라인드를 내려서 안을 막아 버리기 때문이다.

김해자 연정수필

블라인드

사십 대 후반, 남편 회사 일로 가게 된 미국에서, 몇 년을 지냈다. 낯선 곳에서 일상은 시들하고 심심했다. 그나마 글을 쓰면 숨통이 트였다. 글로써 할 수 있는 놀이가 필요했다. 표현과 형식을 낯설게 쓰며 놀았다. '허구가 아닌 사실의 표현'이라는 수필 이론의 핵심에서 조금 벗어나 상상 속 감정을 불러냈다. 소설적 기법과 시적 장치도 사용했다. 수필을 소설처럼 시처럼 써보는 것이 놀이 방법이었다.

마침 문화 월간지 『코아 라이프』에 연재를 하였다. 『코아 라이프』는 이민자들의 문화에 대한 결핍과 갈망을 채워주기 위해 발간되었다. 문학적 재미로 그들의 지친 생활을 조금이라도 위로해 주고 싶었다. 흥미를 주기 위해 연정수필이라는 이름을 만들었고, 삼 년 정도 연재를 했다. 그 글을 모아 『블라인드』로 엮었다.

『블라인드』를 새로운 수필 쓰기를 위해 시도했다는 의미를 두고 세상에 내보낸다.

김해자

차례

책머리에__005

강한남자 __009

블라인드__019

슬픈 사랑__027

빈손__035

작별__041

유월, 비__051

텔레비전 앞에서 우는 남자_059

헤어진 다음 날 __067

사랑나무__075

유배의 섬__083

꽃들의 전쟁__091

신혼일기__097

바비레따__105

사랑하기 좋은 나이__113

풀 서비스__123

너에게__131

얼음비__139

눈짓__153

결__159

참 좋은 계절__167

구절초__175

우기雨氣, 그때 그 사람__185

회상__193

응답하라 1984__201

매운탕__209

나팔꽃__217

봄날의 오수__225

풋사랑__231

어떤 사랑__237

고해__245

강한남자

　　따분하고 무료하단 생각을 며칠째 계속하고 있던 차였다. 아침 일찍 출근한 남편은 자정이 되어야 퇴근을 했고 보살펴야 할 자식이나 가족이 있는 것도 아니다. 남편이 주재원으로 미국에 와 생활하다 보니 딱히 하는 일도 없고 만나는 사람도 많지 않아 혼자 보내는 시간이 많다. 하루 이틀이야 문제가 될 것도 없지만 세월이 흐를수록 점점 생활이 무료하다. 남의 나라에 잠시 얹혀 살고 있어 정 붙이기도 쉽지 않다. 집은 고즈넉하다 못해 절간 같고 고립된 생활은 홀몸노인 수준이라 없던 병이 생길 지경이다.

지친 몸으로 돌아오는 남편에게 내 사정을 이야기해봐야 팔자 편한 여자의 넋두리에 불과하다. 마음은 점점 병들고 있지만 시원하게 하소연할 상대가 없다. 그러다 보니 자꾸 외롭다는 생각이 드는 모양이다.

그날도 어스름이 깔리기 시작한 저녁쯤이었다. 빈집에 홀로 덩그러니 앉아 있으려니 마음이 허하기 시작했다. 남편 퇴근 시간은 멀었는데 혼자 지키고 있는 집의 침묵이 점점 무겁게 느껴졌다. 그대로 내 기분을 모른 척하면 정말 병이 될 것 같았다.

작은 일도 컴퓨터로 검색하는 것이 습관이 되어 있는 터였다. 혹시나 나와 같은 처지에 있는 사람들이 있을지도 모르겠다는 호기심이 발동했다. 그 사람들은 어떤 방법으로 치유하고 있는지 어쩌면 알 수 있을지도 모를 일이고 어차피 무료한 시간 그렇게라도 시간을 보낼 수 있으니 별로 손해 보는 일도 아니었다. '외로운 사람들'이라는 말을 인터넷 검색창에 넣었다.

외로움과 관련된 노래며 어떤 글의 내용과 사진들이 검색창에 떠올랐다. 그중에 '외로운 사람들의 모임'이라는 카페 이름이 보여 클릭을 했다. 카페 창이 열림과 동시에 전화벨이 울려 잠깐 통화를 하고 다시 컴퓨터 앞에 앉으니 대화창이 열려있다. 나는 그 카페에 가입도 되지 않은 터였다. 손님으로 창에 떠 있는 내게 대화를 신청한 사람의 닉네임을 보니 '강한남자'다.

얼마나 강하면 자기 스스로 '강한남자'라는 닉네임을 쓸까. 호기심도 일고 무료한 시간에 잘 되었다 싶어 대화에 응했다. 강한남자가 인사를 했고 나도 안부를 물었다. 성별을 묻기에 나는 여자라고 대답했다. 자기는 나이가 서른여덟이라고 밝힌 뒤 나보고 몇 살이냐고 물었다. 남자의 나이가 너무 젊다는 생각이 들었다. 젊다는 것이 나쁜 것도 아닌데 '너무'라는 부정적인 부사를 덧붙여 생각한 내 의도는 모르겠지만 그런 생각이 자연스레 들었다. 어떻게 대답할까? 잠시 망설이다가 나이를 몇 살 어리게 대답했다. 그래도 차이는 크게 나지만 그렇다고 많이 속이고 싶은 생각은 들지 않았다.

미국이 저녁이면 한국은 아침이다. 우리가 대화하고 있을 때 한국에는 아침 아홉 시가 조금 지난 시간인데 그 시간에 외로워서 이 카페에 들어온 사람이 궁금했다. 나는 '일할 시간인데 뭐하세요?'라고 물었다. 학교에 출근했지만, 방학이라 할 일이 없다는 대답이 대화창에 찍혔다. 강한남자는 '사람은 바빠야 딴생각을 안 하는데 한가해서 탈입니다.'라는 말을 덧붙여 보내왔다. 한가해서 딴생각을 하고 있는 학교 선생님인 모양이다.

'남자가 강하다고 자신하는 것은 뭘까.' 하는 생각을 했다. "마뉘." 하던 남자 탤런트가 떠오른다. 서른 후반, 나이만으로도 충분히 강하다. 그런데 '강한남자'라는 닉네임으로 더 강조하니 괜히 불량스러운 생각이 들었다. 닉네임에 선입견을 품지 않을 수 없다. 또 내가 누군지도 모른 채 먼저 말을 걸어오는 것만 봐도 그렇다. 처음 대화하는 사람에게 한가해서 딴생각하게 된다니 그 딴생각이란 것이 문제다.

남녀가 컴퓨터 채팅으로 만나 가정 파탄에까지 이르고 어쩌고 하는 그런 식의 시작이 되는 딴생각을 말하는 것이 아닐까. 예전에 지인들에게 들었던 '그랬다더라.' 식의 많고 많은 사연 속에 빠지지 않고 들렸던 불륜 채팅의 현장 속에 내가 들어와 있는 것이 아닌가 하는 생각마저 하고 있을 때였다.

'관심 없으세요?' 강한남자는 꾸밈없이 돌리지 않고 바로 내게 표현했다. 역시 강하다. '무슨 관심?' 숨을 고를 필요가 있어 한발 물러서서 대답했다.

'남자에 관한 관심' 강한남자는 또 한 번 직접 대답했다. 당황했다. 장난으로 시작한 대화지만 서로 존중하는 상태에서 마무리해야 했다. 돌이킬 수 없는 엄청난 일도 이렇게 사사로운 호기심으로 시작하는 모양이다.

"당연히 관심이 있지요. 저도 여자인데요. 하지만 이 나이가 되면 남자, 여자에게 관심이 있는 것이 아니고 사람에게 관심이 더 있답니다."

비겁하게도 강한남자라고 자신하는 학교 선생님 앞에서 나는 더 샌님 같은 대답을 손으로 쳐댔다. 그를 상대로 맞대응할 수 있을 만큼 나는 강하지 못했다. 그저 간이나 보는 토끼에 불과했다.

그날 나는 '외로운 사람들의 모임'이라는 카페 대문 앞에

서 강한남자에게 튕겨 문 안으로 들어가 보지도 못하고 돌아 나왔

다. 내가 혼자 견뎌야 하는 적적한 시간은 앞으로도 많이 남았는데.

블라인드

귀에 익은 차 소리가 마당에서 멈췄다. 나는 튕기듯 몸을 일으켜 블라인드 비늘살 하나를 들어 올린다. 짐작대로 선글라스를 낀 남자가 잔디 깎는 기계를 차에서 내리고 있다. 머릿속에서는 센서처럼 자동으로 숫자가 헤아려진다. '하나, 둘, 셋, 넷. 타르르르…….' 기계가 요란한 소리를 내자 남자는 성큼 정원으로 올라선다.

나는 보름에 한 번 이 남자를 만난다.

'만나다'의 단어 뜻이 '마주 대하여 본다'라는 사전적인 의미로 따진다면 이 말은 사실이 아니다. 우리는 마주 대하여 본 적이 없다. 그는 나를 한 번도 본 적이 없을 수 있다. 왜냐면 그가 나타나면 나는 블라인드를 내려서 안을 막아 버리기 때문이다. 그렇다고 그가 나의 존재를 모르고 있다는 생각은 하지 않는다. 어쩌면 우리는 서로 같은 생각을 하고 있을지도 모른다. 그가 낀 진한 선글라스와 집 안의 블라인드는 같은 도구일 수도 있다.

남자를 은밀하게 훔쳐보는 일에는 나름의 순서가 있다. 잔디를 깎는 소리는 언제나 마당 좌측에서 시작한다. 부엌에서 그를 확인한 나는 커피포트에 전원을 넣는다. 커피 향이 집안에 짙게 깔리면 욕실에 딸린 창으로 자리를 옮겨 앉는다. 그를 가까이서 볼 기회다. 앞마당에 있는 잔디를 다 깎은 남자도 좌측 옆 마당으로 동선을 바꾸기 때문이다.

잔디는 집을 중심으로 앞, 옆, 뒤, 전체를 깎아야 한다. 그의 동선은 좌측에서 시작하여 우측으로 한 바퀴 돌고 난 뒤, 다시 둥근 칼날이 달린 기계를 들고 각을 세우기 위해 한 바퀴를 더 돈다. 그 다음 강한 바람을 빨아들이는 통을 들고 돌며 깎아 놓은 잔디를 치우는 것으로 일을 마친다. 일 년 동안 그의 동선을 지켜봤으니 이제는 눈을 감아도 남자가 어디쯤에서 무얼 하고 있는지 알 수 있다.

21

Literature 김해자_ *essay*

　　서른 중반쯤 되었을까. 미국에서 나고 자랐을 남자의 육체는 눈이 부신다. 남부의 따가운 태양과 밀고 다니는 기계의 요란한 소리는 남자를 더 번질거리게 한다. 나는 모든 촉수를 동원해 그를 훔친다. 서서히 눈과 귀가 반응한다. 숨소리가 신경이 쓰일 때쯤, 욕실 창 블라인드 비늘살에서 손을 뗀다.

　　아직 커피잔은 따뜻하다. 뜨거운 태양이 데운 남자의 몸을 감싸듯 심장이 뻐근해 온다. 뒷마당은 거실이나 방, 어디에 있어도 내다볼 수 있다. 이 나라는 많은 시간을 뒷마당에서 보내기 때문에 집안에서도 쉽게 보이게 해 놓았다. 욕실에서 나와 방으로 간다. 내 몸이 더 자유로워진 상태로 그를 훔쳐보기 위해서다. 블라인드를 반쯤 열었다. 여전히 남자가 안을 볼 수 있는 확률은 높지 않다. 넓은 뒷마당에서 남자는 더 당당하다. 기계는 구석구석 닿지 않는 곳이 없다. 남자가 지나간 자리마다 잔디는 키를 맞춘다.

　　오후 두 시, 그늘 하나 없는 잔디 위에서 남자의 얼굴은 태양의 열기로 땀이 흥건하다. 창 하나가 남자를 마음껏 탐닉하게 해준다. 누릿한 털로 가득한 팔과 다리의 근육이 움직일 때마다 커피잔에 입술을 댄다. 커피는 목줄기를 타고 내 몸 깊숙한 곳에 닿는다. 창문 가까이 남자가 다가온다. 나도 모르게 숨소리를 죽인다. 땀 때문인지 남자의 선글라스가 코끝에 걸렸다. 가까이 다가온 그의 눈동자가 순간 움직인 것 같다. 내 마음을 남자가 눈치를 챈 게 아닐까. 몸이 타버리는 줄도 모르고 불빛에 날아드는 불나비처럼 남자가 유리창을 깨고 내게로 달려드는 환상에 빠진다.

기계 소리가 멈췄다. 잔디에 각을 내기 위해 둥근 칼날로 바꾸기 위해서다. 조용한 적막이 신경을 한 곳으로 쏠리게 한다. 눈빛이 엉킨 그 순간, 남자와 나는 은밀한 그 무엇을 주고받았던 것 같다. 눈을 감았다. 같은 동선으로 움직일 거란 내 생각대로 더 예민해진 기계 소리가 앞마당에서 들린다. 이제 그를 보지 않고도 느껴진다. 커피잔을 내려놓고 침대에 몸을 완전히 눕혔다.

소리가 움직인다. 가까이 왔다가 멀어진다. 내 몸도 소리에 의해 경계를 허문다. 심장이 아득해진다. 아득함 속에서 몸이 떨린다. 깎인 것에 각을 내는 기계 소리는 날카롭다. 그 날카로운 소리가 내 몸을 낱낱이 훑고 지나가는 느낌에 소름이 돋는다. 소름을 참기 힘들어 눈을 떴다. 소리가 멈췄다.

상처를 받은 잔디는 깔끔하게 다듬어졌다. 남자는 바람을 만들어 모든 흔적을 없앴다. 식어버린 커피를 싱크대에 쏟아버리고 수돗물을 틀었다. 블라인드를 올리자 빛이 왈칵 쏟아져 들어온다. 멀쩡한 사람도 긴장하게 하는 따분한 오후다.

슬픈 사랑

"사랑이 슬픈가?"

카카오톡으로 날아온 질문이다. 찍힌 문자에 물음표가 있어 내 대답을 요구하는 질문이라 표현했지만, 그 말은 독백처럼 쓸쓸하게 느껴졌다. 노년을 향해 가고 있는 그분이 나에게 던진 뜬금없는 화두에 잠시 생각에 잠겼다.

짧은 한 줄의 문자가 슬프게 각인되어 통째로 가슴을 쓸고 다닌다. 그저 불현듯 아무 뜻 없이 생각한 물음일 수도 있다. 책을 보다가 든 궁금증일 수도 있고, 따뜻했으나 쓰라린 경험이 갑자기 스치듯 떠올라 안부를 대신해 보낸 문자일 수도 있다. 혹여, 그분은 아무 의미 없이 내게 보냈을지라도 전해진 내 마음에 파문이 인다.

이 문자의 답을 어떻게 해야 할까 고민이 되었다. 사랑이라는 감정을 몰랐던 것처럼 표현한 그 말에 어설픈 대답은 그분을 더 슬프게 할 수 있을 것 같아서다. "사랑은 슬픈가?"나 "사랑도 슬픈가?"라고 물어 왔다면 느낌이 달랐을까. 본인과 상관없는 감정에 순간적인 궁금증이 일어 "사랑은 슬픈가?"라고 물었을 테고, 다른 일로 슬픈데 사랑을 해도 슬플까 싶었다면 "사랑도 슬픈가?" 했을 것이다. 그런데 "사랑이 슬픈가?"로 표현한 이 분의 감정이 걱정되었다. 한참 어린 내게 무엇을 바라고 보낸 문자일까 마는 조금이라도 위로해 드리고 싶었다. 왠지 문자에 그분의 슬픔이 가득 묻어 있는 듯했다.

기억 속 먼 곳에서 사랑이라는 감정을 꺼내 보았다. 슬펐던 사랑이 있었을까. 많지 않은 경험 중에서 기억나는 사랑의 추억은 이상하게도 아련한 그리움으로만 펼쳐진다. 혹시나 해서 그 상황 속을 헤집고 다녀보았다. 속을 끓이며 가슴을 태웠던 사건들도 파릇한 시간으로 번졌다.

살갗마다 번지는 사랑의 고통 때문에 신음을 쏟아 내던 숱한 밤도, 무심한 그림자를 붙잡고 기다림만이 사랑이라 믿었던 멍든 시간도, 날카로운 대립에서 난 상처들이 순해져 희미해질 때까지의 그 먹먹함까지도 지나고 나니 슬프지가 않다. 오히려 더 지독하게 치열하게 사랑하지 못한 후회만 남는다. 그리고 보니 사랑은 안타까운 그리움이란 생각이 들었다.

그러나 그분은 무심하게 다가온 낯선 사랑에 베어 슬픔을 느끼고 있을지도 모른다. 뒤늦게 찾아온 허기진 사랑이 그분의 빈 가슴을 채우고 있는 걸까. 바다를 항해하는 꿈을 꾸며 포구에 정박에 있는 배처럼 사랑의 늪을 향해 알몸으로 뛰어드는 꿈을 애써 누르고 있는 것은 아닐까. 붉은 피의 본능은 혈관으로 흐르는 것이듯 타오르려는 본능이 있는 사랑을 가라앉혀 가두려 해서 슬픈 것은 아닐까. 수척해진 그분의 모습이 떠오른다. 얼마 전 보았던 마른 모습이 사랑 때문이란 생각에 미치자 마음이 짠하다.

바람보다 쓸쓸한 사랑도 지나고 나면 애틋한 그리움만 남는 것을 그분은 모르실까. 반듯하고 투명한 물빛의 모습을 한 그분은 어쩌다가 사랑의 늪에 빠졌을까. 어쩌면 지나온 삶의 이면에 꽃내 나는 사랑 한두 번은 했을 터인데 새삼 '슬픈가'라고 독백하는 그분의 사랑이 궁금하다.

이루어지지 못할 세속적인 사랑 앞에 미리 슬퍼하고 있는 모습까지 떠오른다. 실상도 없는 궁금증이 풀린 실타래처럼 끝도 없이 굴러간다. 혹독한 바람과 거친 유혹 앞에 서성이고 있는 것은 아닐까. 고정관념을 깨뜨리기 위해 자신과 외로운 싸움을 하는 것은 아닐까. 낡은 울타리를 벗어나려는 풍경까지도 그려진다. 진한 슬픔에 온통 젖어 있는 그분의 모습이 눈앞에 아른거리기까지 한다.

사랑의 모든 비밀이 슬픔으로 끝나지 않기를 바라며 '사랑이 슬픔을 이길 겁니다.' 고루한 문자를 찍는다.

빈손

어머니는 힘겹게 눈을 뜨려 했다. 숨을 몰아쉬면서 막내를 보려고 눈에 힘을 줬다. 눈은 열리지 않았다. 내 손을 잡은 어머니의 손에서 힘이 느껴진다. 나는 손을 꽉 잡으며 빨리 눈을 뜨라고 재촉했다. 숨 쉬는 것이 힘 드는지 잠시 쉬었다가 다시 몰아쉬고는 막내 소리에 눈을 뜨려 했지만 허사였다. 나는 참지 않고 다시 소리쳤다.

"엄마, 눈뜨고 나 함 봐봐. 나 왔잖아. 눈 떠 봐."

다시 숨을 몰아쉬고 눈을 뜨려 하는 어머니 손을 더욱 꽉 잡았다. 제발 나를 봐 달라고 소리쳤다. 잡은 손을 흔들었다. 몸으로 시위해 볼 셈이었다. 그러나 눈을 뜨기는커녕 가느다란 숨소리를 몇 번 더 내더니 멈추어 버렸다. 손에서 힘이 빠져나갔다. 어머니의 몸은 내가 흔드는 대로 흔들렸다.

'우르르 쾅쾅', 천둥소리에 눈을 떴다. 번개 때문에 창살이 번쩍인다. 천둥소리 또한 요란하더니 굵은 비가 쏟아진다. 땅이 넓어서 그런지 이곳 미국은 빗줄기도 굵고 천둥과 번개도 심하다. 부슬부슬 내리는 비를 기대해 보지만, 매번 비는 천둥과 번개를 동반한다. 그뿐만 아니라 우박과 벼락까지 한꺼번에 내리고 친다. 캄캄한 어둠 속에서 잠을 자던 나를 번갯불이 번쩍이며 들어와 깨웠다. 완전히 잠에서 벗어난 것은 천둥소리 때문이다. 아니다. 누군가의 손을 놓지 않으려 안간힘을 쓰는 꿈을 반복해서 꾸는 까닭이다. 손을 놓는다는 것은 이별을 뜻한다.

몸으로 소통할 수 있는 모든 언어가 단절되는 것이다. 나와 어머니도 그랬다. 놓지 않으려는 내 손을 의사는 어머니로부터 빼냈다. 가까이 가지 못하게 막아섰다. 잡았던 손을 놓치자마자 나는 깨달았다. 이별이었다. 심장 깊이 칼을 꽂는 아픔이었다. 손을 잡고 있지 않아도 보이지 않는 끈으로 연결되어 있다고 믿었던 때도 있다. 그러나 그것은 살아 숨 쉴 때 가능했다. 내가 손을 놓는 순간 어머니는 차가운 얼음 창고로 들어갔다.

이별은 새로운 만남을
위함이라는 말은 거짓이다. 이별
은 이별이다. 벼락치고 번개가 번
쩍이는 밤, 잠에서 깨어 빈손을 스
스로 챙겨야 하는 형벌이다. 비어
있는 시간 어김없이 울컥 찾아오
는 서러움이다. 마르지 않는 샘물
처럼 가슴을 아리게 하는 끝없는
기억이다.

베개 속에 숨겨둔 손을 꺼낸다. 시간이 흐를수록, 나아지 겠지 했던 어머니와의 이별이 더욱더 또렷이 떠오른다. 생전에 좋 아했던 음식만 보여도 눈물이 쏟아져 나온다. 참을 수 없는 고통으 로 되풀이되는 꿈속의 이별은 놓지 말아야 할 손을 놓아 버린 대가 를 치르는 것 같다.

두 손을 맞잡았다. 멈출 것 같지 않던 천둥소리와 번개도 비를 쏟아 내고는 잠시 조용하다. 나도 가슴을 누르고 있던 것들을 쏟아 냈다. 비가 온 뒤 하늘이 맑아지는 것처럼 모든 것을 쏟아 낸 뒤 심연도 잠잠해지기를 소망해 본다. 손을 놓을 수밖에 없었던 그 순간도 삶의 다른 이면인 것을. 공허함이 찾아와도 덤덤해질 수 있 을 때까지 내 속을 비워 버리고 싶다. 숨도 아니고 소리도 아닌 것 들이 목울대에서 거칠고 굵은 모양으로 꺽꺽 쏟아진다.

작별

새벽에 창밖을 보며 곧 봄이
오겠다 생각하고 있을 때였다. 진동으
로 둔 전화기가 몸을 떨었다. 직감으로
심장이 쿵 내려앉았다. 시누이가 세상
을 떠났다는 전화였다. 남편보다 고작
한 살 더 많은 시누이가 생을 마감했다
는 전화를 받고 나니 가슴이 뻥 뚫린듯
해 소파에 주저앉았다.

시누이가 파킨슨병 선고를 받은 건 칠 년 전이었다. 오십 살이 되던 해 봄이었다. 걷는 모습이 구부정해지고 가끔 손을 떨어 상담 차 갔던 병원에서 내린 병명이었다. 원인을 알지 못하는 병이니 완치할 수 있는 치료약도 없다는 의사의 설명을 들으면서 가족들은 절망했다. 그러나 형님은 식이요법과 운동을 열심히 하면 나을 수 있을 거라며 가족을 위로했다.

형님의 그 마음은 오래가지 않았다. 오히려 절망과 포기는 젊은 만큼 빨랐다. 병명을 듣고 증상이 조금씩 심해진 뒤에는 현관문을 닫고 밖에 나가지 않았다. 걱정되어 찾아온 사람에게는 자신의 모습을 구경하러 왔냐며 돌아가라고 소리쳤다. 그렇게 칠 년 동안 스스로 집에 감금되어 투병 생활을 해왔다.

며칠 전, 위독하여 병원에 입원했다는 전화를 받고 남편과 함께 병실에 들어갔다. 형님은 모든 근육이 마비되어 눈만 깜빡이고 있었다. 우리를 보더니 몇 방울 눈물을 흘렸다. 그동안 한 번씩 뵈러 가면 수건을 적실 정도로 많이 울더니 눈물샘도 마비가 된 모양이었다. 나는 아무 말도 못 하고 형님 손을 잡고 울기만 하다 돌아왔다. 그것이 마지막이 될지도 모른다는 걸 이미 예감하고 있었다.

부고 소식을 듣고 바로 장례식장으로 갔다. 그런데 내 몸이 익숙한 충격을 기억하는 모양이었다. 형님의 영정사진을 보는 순간 몇 년 전에 돌아가신 친정어머니 사진을 보는 듯 착각이 일었다. 그곳은 바로 어머니를 보내드린 그 장례식장에 같은 호실, 같은 자리였다. 장례식장 이름을 듣기는 했지만, 어머니를 보내드린 곳과 같다는 기억을 하지 못했다. 더 놀란 것은 어머니와 장례식 날짜까지 같았다. 우연이겠지만 일치하는 것이 너무 많았다. 거친 호흡을 억누르며 나는 영정사진 앞으로 다가갔다.

어머니가 돌아가셨을 때 나는 그 일이 얼마나 엄청난 일인지 실감하지 못했다. 날씨까지 도와 춥지 않다는 것을 다행으로 여겼다. 장례식을 치르는 동안 끼니마다 밥을 먹었고 손님을 맞으며 웃기도 했다. 어머니를 산에 눕혀드리고 내려오면서 잠깐 서럽다는 생각이 들었던 것 같다. 어머니와 이별은 그렇게 얼떨결에 끝이 났다.

나는 순간순간 이별이 아쉬웠다. 세월이 갈수록 잊히는 것이 아니라 슬픔만 더했다. '손을 좀 더 잡고 있을걸, 돌아가시기 전날 어머니와 병실에서 같이 잘걸, 임종을 지켜보며 사랑한다고 말할걸,' 온갖 생각을 하며 수없이 많은 후회를 했다.

형님을 보내드리는 장례식이지만 나는 어머니를 생각하지 않을 수 없었다. 입관하는 장소도 같았다. 어머니가 누웠던 곳에 형님이 누워 있었다. 영혼이 떠난 사람이 공통으로 갖는 무표정한 얼굴이었다. 근육이 마비되어 가는 병이니 얼마나 고통스러웠을까. 나는 손을 잡고 수고하셨다며 마지막 인사를 했다. 좋은 곳으로 가길 바라는 마음으로 기도를 했다. 마지막으로 '너무나 그립고 그리운 어머니 보고 싶고 사랑합니다. 낯선 길 가는 형님 부탁드려요.' 하고 눈을 떴다.

입관을 끝내고 형님 영정사진 앞에 앉았다. 어머니 앞에 앉는 것 같았다. 그리움이 왈칵 밀려왔다. 어머니가 떠난 뒤 생각이 많이 났다. 때로는 혼자 전화기를 들고 '엄마' 하고 불러보기도 했다. 어느 날은 운전하는 중에 갑자기 눈물이 쏟아져 차를 세우기도 했고, 잠자다가도 가슴을 움켜쥐어야 했다. 장례식 중에는 느끼지 못했던 감정이었다. 어머니가 세상에 없다는 서러움은 날이 갈수록 더했다.

시누이를 보내는 장례식에서 어머니와 작별을 하고 있었다. 몇 년 전과는 달리 마음이 차분해졌다. 그리움과 서러움이 교차하는 어설픈 감정이 정리되었다. 형님은 고통이 없는 좋은 곳에서 편히 쉬기를 바랐고 어머니 또한 그곳에서 행복하시길 빌었다. 어머니 장례식 때와 달리 조용한 마음으로 진정한 이별을 위한 기도를 할 수 있었다.

발인하는 날 평소와 달리 거울 앞에 오래 앉아 있었다. 세심하게 화장을 했다. 형님을 보내드리는 날이기에 외모에 신경을 썼다. 꼭 어머니와도 마지막으로 이별하는 날같이 느껴졌기 때문이었다. 어머니가 막내의 예쁜 모습을 보았으면 했다.

형님을 보내드리고 장지에서 떠나려 할 때 까마귀들이 떼를 지어 하늘을 비행했다. 열을 맞춰 서쪽으로 갔다가 다시 동쪽으로 날고 있는 모습이 제천의식을 하는 것 같이 느껴졌다.

그들의 날갯짓은 한동안 계속되었다. 비행하던 까마귀들이 나무에 내려앉았다. 어머니와의 이별을 위로해주는 듯했다. 형님도 고통 없는 곳에서 편하게 쉬었으면 하는 간절한 마음으로 다시 한 번 무덤 위에 손을 얹었다. 늦겨울 햇살이 따사로이 내려앉았다.

유월, 비

동쪽 하늘에 노을이 밑그림을
그리고 있다. 창으로 보이는 노을은 매
지구름 위에 무지개로 길게 다리를 놓는
다. 밤새 하늘에 무슨 일이 있었던 것일
까. 새벽노을에 많은 이야기가 담긴 듯
하다. 점점 선명하게 발색을 하는 하늘
로 자연스럽게 신경이 쓰인다.

문을 열고 깨끗한 새벽바람을 불러들였다. 기다렸다는 듯 밀려들어 오는 바람에 장미향이 섞여 있다. 울타리에 매달린 장미들이 입술을 열고 향기를 품어댔는가 보다. 향기와 함께 비가 섞여 들어왔다. 그 사이 노을은 사라지고 매지구름은 비를 몰고 왔다. 많은 일이 한꺼번에 일어나고 있는 새벽이었다. 노을, 무지개, 장미 향기, 그리고 비.

창문을 닫고 그대로 서서 아침을 맞이했다. 창으로 쏟아져 내리는 비를 생각 없이 쳐다보고 있었다. 그때 등 뒤에서 소리가 들렸다. 무슨 소리인지 금방 파악하지 못해 돌아서니 그녀도 비를 내려다보고 있었다. 아니, 비에 젖고 있는 장미 울타리를 바라보고 있었다. 창밖 풍경에 취해 아득한 기억 속에서 헤매는 듯 하였다.

"뭐라고 하셨어요 **?** "

혼잣말처럼 웅얼거리는 소리에 내가 물었다.

그녀의 시선이 내게로 돌아왔다.

"제 남편 이야기예요.

남편의 여자 이야깁니다."

순간 그녀의 눈을 응시했다. 그는 몸을 말아 무릎을 세우고 두 팔로 감쌌다. 창밖 풍경에 넋을 잃고 있던 터라 그가 내 등 뒤에 있다는 걸 잠시 잊었다. 오랜만에 고국에 온 나는 그녀와 함께 남해를 여행하는 중이었다.

그는 오래전 남편과 사별을 한 뒤 혼자 자식들을 키워 오고 있었다. 몇 년이나 인연을 이어 오면서 한 번도 남편의 이야기를 꺼낸 적이 없었다. 건조하면서 축축하게 느껴지는 그의 말에 가슴 밑바닥이 서늘해졌다.

어쩌면 엄청난 비밀이 있다는 생각이 들었다. 흥미롭고 재밌는 내용의 소설이 막 떠올랐다. 두 명의 자식 중 배 다른 자식이 있다면 하는 생각마저 하면서 그녀와 상관없이 짧은 순간에도 나는 소설 속의 여러 이야기를 떠올리고 있었다.

그의 남편은 결혼 전에 깊이 사랑하던 여자가 있었다. 결혼이라는 틀로 맺어진 그녀를 가슴에 품고도 그 여자를 잊지 못했다. 남편은 부모의 강요에 결혼했지만, 마음은 헛헛했던 모양이다. 삶을 포기 한 사람처럼 술에 취하고, 도박을 하고, 닥치는 대로 살림을 부셨다. 아무것도 모른 채 남편의 방탕한 생활을 바라봐야 했던 그는 그나마 시부모님의 지극한 애정에 위로를 받았다. 이유는 몰랐지만, 남편이 밉지가 않았다. 그럼에도 남편은 그 여자를 찾겠다며 집을 나갔다.

그녀가 잠시 말을 멈춘 사이에 나는 문을 다시 열었다. 차 소리가 시끄럽게 들렸다. 빗물이 바퀴에 엉키는지 소리까지 축축했다. 시선에 머무는 모든 사물이 비에 젖었다. 멀리 보이는 작은 강은 떨어지는 빗물을 챙기느라 바빴다. 그녀가 낮은 기침을 했다. 창을 닫았다. 이야기는 다시 이어졌다.

남편은 집을 떠나 이 년 동안 어디서 무얼 했는지 병색이 짙은 몸으로 돌아왔지만, 한마디 말이 없었다. 그저 먼 산을 바라보는 시간만 늘어났다. 그렇게 몇 년, 남편의 병시중을 들었다. 남편은 자신에게 수의를 입히지 말라는 유언을 한 뒤 세상을 떠났다.

그는 다른 여자를 그리워하며 병든 남편을 미워하지 않았다. 특별한 추억이 있는 것도 아니었다. 죽음 앞에서도 가슴에 망울져 있는 상처 때문에 답답하다며 수의를 입히지 말고 묻어달라던 그 사람을 그리워하고 있었다. 물오른 청춘의 시작에 만난 남편과 추억을, 여름이 시작되는 유월에 촉촉하게 내리는 비를 보면서 떠올린 것이다.

57

온몸으로 아무리 막아도 바람은 불고 비는 내린다. 인생의 숱한 밤과 낮을 홀로 맞으면서 잊으려 해도 남편에 대한 그리움은 어쩔 수 없었던 모양이다. 속아서 결혼한 자신의 처지도 원망하지 않고 오롯이 남편을 사랑한 삶을 한 번쯤은 누군가에게 말하고 싶었을 것이다. 청색 대지의 소리가 느껴지는 유월, 노을이 짙던 새벽부터 그녀도 하늘을 바라보고 있었나 보다. 상처를 어루만지기라도 하듯이 푸른 비가 대지를 적시고 있다.

텔레비전 앞에서 우는 남자

남자는 태어나서 죽을 때까지 세 번 운다고 한다. 태어날 때, 부모가 세상을 떠났을 때, 그리고 나라가 망했을 때 운다. 그만큼 남자가 눈물을 흘리는 것은 남자답지 못하다는 것으로 여긴다.

실제로 나는 아버지나 오빠들이 우는 것을 본 기억이 거의 없다. 아버지는 어머니가 병원에 입원했을 때와 돌아가신 뒤에 잠깐 우셨다. 그 전에는 가족들 앞에서 우신 적이 없다. 여기서 내가 남자라 칭하는 대상은 젊은 남자를 말한다. 나이 들면 여자나 남자나 눈물이 많아지는 법이니까. 나부터도 눈물이 점점 많아지고 있으니 말이다.

부모님이 돌아가셨을 때 오빠들은 이상하게 눈물을 흘리지 않았다. 나는 이해가 되지 않아 섭섭했다. 아마도 정이 없어서가 아니라 울 줄 모르는 것 같았다. 그동안 자신의 감정을 숨기며 살아온 세월이 너무 길어서 그랬을까. 내가 사는 동안 나라가 망한 기억이 없으니 남자들이 우는 것을 볼 기회도 없었다. 그러나 누군가는 내 앞에서 울었을 수도 있다. 의미 없는 눈물이었거나 가벼운 울음이었기에 기억하지 못하는 건지도 모른다.

어쨌든 나는 남자들의 눈물에 큰 의미를 두는 사람이다. 이런 내가 걸핏하면 눈물 흘리는 한 남자를 알고 있다. 내게 위로를 받기 위해 우는 남자라면 팔을 맘껏 펴서 안아 주련만 그가 이런 나의 마음을 알리가 없다. 나를 위해서는 눈물 한 방울 흘리지 않을뿐더러 자신의 가족 때문에 울지도 않는다. 삶이 힘들어서는 더욱 아니다. 오직 텔레비전 앞에서만 운다. 이런 이상한 감성의 소유자가 내 남편이다.

그에게 소도둑이라는 호칭을 자주 쓴다. 우락부락한 생김새에다가 피부 빛이 검은 편이라 잘 어울리는 별명이다. 내가 소도둑이라 부르면 지인들도 고개를 끄덕이며 공감한다는 미소를 보낸다. 불룩 나온 배와 떡 벌어진 어깨가 딱 소도둑이다. 눈을 부릅뜨고 화라도 내면 내 심장까지 쪼그라질 정도다.

며칠 전 일이다. 외출할 일이 있어 얼굴에 분장을 하는 중이었다. 텔레비전에는 가수들이 옛 노래를 서바이벌로 대결하는 프로인 '불후의 명곡'이 방영되고 있었다. 나는 흘러나오는 노래를 들으며 화장을 했다. 그런데 잔잔하게 흐르는 음악에 이상한 코러스가 들렸다. 훌쩍거리다가 흐느끼고 울컥대는 것을 목울대로 누르는 듯 소리가 이상했다. 순간적으로 '설마' 하고 남편을 봤더니 내 생각이 적중했다. 나는 그저 따라 부르면서 흥겨워하는데 남편은 눈물을 흘리는 것도 모자라 흐느끼고 있었다.

한두 번 본 장면이 아니니 이상할 것도 없었다. 그렇지만 아무리 생각해도 나 혼자 보기는 아깝다는 생각이 들었다. 그 장면을 동영상으로 찍어 유튜브에 올리면 싸이의 '강남 스타일'쯤은 아니더라도 여러 사람이 배꼽 잡을 것은 분명했다. 소도둑처럼 생긴 남자가 음악프로를 시청하면서 눈물 콧물 범벅이 되어 우는 모습이라니.

결혼 전 남편은 텔레비전을 보지 않는다는 이유를 대면서 텔레비전은 혼수 품목에서 빼라고 말했다. 순진했던 나는 텔레비전을 싫어한다는 말에 더 듬직하게 느껴져 남자답다고 생각했다. 내 착각이었다. 너무 좋아한다는 말을 반대로 말한 줄도 모르고 정말 싫어하는 줄 알았으니.

남편의 눈물 병은 결혼 후 금방 들통났다. 그 당시 '전원일기'라는 드라마가 인기 있었다. 물론 남편도 빠지지 않고 시청했다. 드라마가 끝날 즈음 남편은 어김없이 텔레비전 앞에서 일어났다. 너무 울어 화장실에 들어가 세수하기 위해서였다. 그 모습을 보며 어이없어 헛웃음 쳤지만 그래도 그것까지는 이해할 수 있었다. 전원을 풍경으로 가족애가 느껴지니 감동적이어서 눈물이 나올 수도 있다. 하지만 내가 병이라고 단정 지을 수밖에 없는 이유가 있다. 어린이 프로를 보면서도 우는 것은 너무 하지 않는가. 그것도 어린이 만화를 화면이 뚫어지라 보면서 눈물을 철철 흘리는 소도둑이 정상인가 말이다.

안방에 있는 내가 거실에서 텔레비전 보는 남편이 우는 것을 알 수 있을 정도로 남편의 눈물은 요란하다. 훌쩍거리다, 꺽꺽대다, 흐느끼고 분주하다. 큰 눈에 물이 홍수처럼 흐른다. 월드컵 시즌에는 시도 때도 없다. 골 넣은 장면을 수십 번 재방송하는데 그때마다 처음인 양 울어대니 혼자 보기 아깝다. 오죽하면 '남자는 태어나서 세 번만 운다.'를 가훈으로 삶고 싶을까.

나를 위해서는 눈물 한 방울 흘리지 않으면서 유치하고 뻔한 이야기에 감동하여 통곡하는 것이 못마땅했다. 그런데 생각해 보니 얼마나 삶이 삭막하면 그렇게 집착할까 싶어 어느 때부터는 텔레비전을 보며 잠들어도 잔소리하지 않았다. 남자라는 이유로 마음껏 울지 못하고 억눌려 놓은 눈물이, 사람과의 관계가 아닌 텔레비전이라는 사물이 주는 조그마한 감동에도 주체하지 못하고 나오는가 싶으니 안쓰러웠다.

남자는 쉽게 울면 안 된다는 선입견으로 그를 대했던 마음이 조금씩 변했다. 눈물을 많이 흘린다고 믿음직스럽지 않은 것도 아니었다. 힘든 일이 있을 때 내 편이 되어 주는 사람이 남편이었다. 그렇게 삼십여 년 살다 보니 텔레비전 내용에 감동해서 눈물을 흘릴 만큼 마음이 여리고 따뜻한 사람이라는 것을 알게 되었다.

눈물은 참으면 독이 된다고 한다. 스트레스를 받아 호르몬을 과다하게 분비했을 때 밖으로 배출시키는 역할을 눈물이 한단다. 눈물을 많이 흘려야 건강해진다는 것 아닌가. 평소에 잘 울지 않는 그가 텔레비전을 보면서라도 눈물을 흘릴 수 있으니 얼마나 다행인가.

헤어진 다음 날

그립고 아쉬운 것이 있어 비 내립니다. 실낱같은 외줄에 몸 기대고 있다가 지상에 내린 첫날, 깊어진 만큼 남아 있는 상처를 씻으라고 비 오시는가 봅니다. 서걱서걱한 가슴을 쓸어안고 문을 열어 첫 공기를 훑습니다. 퇴각 되어야 할 시간 속에 피어나야 할 무엇이 있는가 봅니다. 마른 기억들이 빗속에 떠다닙니다.

시간 속에 길이 있다 하셨지요. 한 몸인 양 인연의 옷을 입었던 그 순간들이 서러움 속에서 너울집니다. 고통이라 여겼던 숱한 사연들도 이제는 슬프고도 아릿한 기억으로 허공에 매달리겠지요. 언젠가는 그대 없는 첫날을 맞으리라 각오는 했지만 이렇게 쉬 손을 펴 버릴 줄은 몰랐습니다. 잠결엔들 꿈결엔들 한차례 불었던 바람이 뜨거웠던 한때를 식혀버렸습니다. 아직은 첫날이니 시간 속 길에 의지하지 않고 허둥대는 나를 용서하십시오.

빗줄기와 같이 울지는 않겠습니다. 담담하고 건조하게 떠나보내려 합니다. 가슴에 남아 있는 낡은 잔해들은 시간이 저물어 대지의 어디쯤 눈물 되어 울고 있을지도 모르겠지요. 젖은 어둠 속에서 옷깃을 여미며 돌아가야 할 길을 찾기도 하겠지요. 스멀스멀 외로움이 발밑에 깔리어 더듬을지도 모르겠습니다. 차마 그렇다 해도 인습의 옷을 벗어버리겠습니다. 파도가 파도를 밀며 오는 것처럼 나 등 돌린 그대 반대편에 서겠습니다.

우리 둘이 하나였을 때 바라보았던 사물들은 더는 의미가 없어졌습니다. 공간과 사건들도 그대와 함께 떠났습니다. 이 육신으로 태어나 그대를 만난 처음 떨림은 천 배나 깊고 애틋해졌지만, 의식의 소리에 귀 기울여서는 내가 숨 쉴 수가 없습니다. 거대한 낯선 도시에 홀로 남겨진 것 같은 먹먹한 가슴을 안고 일종의 시련을 견딥니다.

　　밥을 입으로 넣습니다. 삼키기 전에 또 입으로 가져갑니다. 식도를 타고 내려가 공허한 배를 채웁니다. 설거지합니다. 쓰지 않은 그릇들도 물속으로 넣습니다. 쏟아져 내리는 물소리는 내 영혼을 가져갑니다. 순서 없이 청소기를 밉니다. 요란한 소리를 내는 청소기가 가는 길은 일정하지 않습니다. 아직 깨끗한 옷가지를 세탁기로 모읍니다. 세제를 넣고 버튼을 누릅니다. 눈에 보이는 것과 눈에 들리는 대로 움직이고 있습니다. 욕조 가득 물을 받아 몸을 담습니다.

뜨거운 물이 가슴에 꽂힌 바늘의 존재를 확인시켜 줍니다. 눈물은 아닙니다. 얼굴에 가득한 물기는 눈물이 아닙니다. 견디기 위한 몸짓입니다.

잠깐 마당에 나갔다 들어옵니다. 아무래도 종일 비가 내릴 모양입니다. 햇볕에 말리려고 널어둔 솔방울이 보였지만 외면해 버립니다. 한 번 밤이 오고 갔는데 세상의 모든 것의 의미가 사라진 것 같습니다. 책을 펴고 활자를 확인합니다. 이상합니다. 내용은 파악하지 못했는데 책장은 몇 장 넘깁니다. 머릿속에 감정의 회로가 멈춘 몸이 습관이 된 일상생활을 견뎌내고 있습니다. 음악을 틉니다. 온전히 그대를 향해 열려있던 시간이 음악과 함께 영상이 되어 찾아옵니다. 한 컷으로 넘어가는 영상은 여전히 밝은 빛으로 반짝입니다. 하지만 영롱하게 빛을 내는 기억은 금방 길 위에 슬픔으로 사라집니다. 음악을 끕니다.

적요는 태우지 못한 열정의 미련을 기웃거리게 합니다. 전화기를 들었다가 천천히 내려놓습니다. 그대 향해 가는 손길을 거둡니다.

찻잔에 물을 채웁니다. 네 번째 차를 처음인 양 마십니다. 잠깐 바늘이 움직였는지 낮지만 깊은 숨을 토합니다. 거실에 화초가 시들합니다. 내 눈이 말라 있어 무작정 기다리고 있었던 걸까요. 살아 있는 것에 마음 주는 일이 기껏 촉촉하게 적셔주는 것인데, 나는 왜 그것이 어설플까요. 이탈하고 만 사랑을 돌아보며 물을 받아 화초에 양껏 넣어줍니다.

물을 먹고 싱그러워지는 화초처럼 나도 그것을 원했습니다. 팍팍한 가슴이 아니라 깊고 푸른 마음을 기대했습니다. 언젠가는 물거품이 되어 버릴지라도 다디단 말을 해주길 흔들고 보챘습니다. 달이 뜨면 가슴에도 덩달아 달 떠 바람이 흔든 문고리에도 속

절없이 기다림에 설레었습니다. 기다리던 시간까지도 아끼며 아꼈음을 고백합니다.

다음 날, 또 다음 날, 다음 날, 그 다음 날……. 가슴에 꽂힌 바늘이 하나씩 빠지겠지요. 지금은 태풍이 대지를 휩쓸고 지나간 듯 신음하지만 한없이 평온한 날 오겠지요. 서러움도 그리움도 사랑도 미움도 너울너울 바람에 실려 왔다 가겠지요. 그대와 멀어지는 거리만큼 세월은 흐르고 인연의 긴긴 끈도 삭고 삭아 무심의 그날이 오겠지요. 그리하여 닫혔던 가슴을 새롭게 열게 되는 그날이 오겠지요.

사랑나무

배를 맞대고 엉켜있는 나무 한 그루가 텔레비전 화면에 가득하다. 제주도 '숫모르' 숲길 입구에 연리목이 발견되었다고 한다. 서로 다른 두 그루의 나무가 하나로 산 세월은 백 년이 넘는다. '때죽나무'와 '고로쇠나무'로 지하 동천洞天에 씨를 내린 뒤, 얼마나 사무치게 애틋했으면 지상에서 살을 맞대는 연을 맺어 백 년의 세월이나 한 몸처럼 살아왔는지 사뭇 신비감이 돈다.

이 세상의 모든 사랑에 비유하여 형상화되는 사랑나무를 본 것은 마음을 흔드는 일이다. 흔들리는 마음에 더 큰 파문을 일으킨 것은 나무 종을 알고 난 뒤다. '때죽나무'는 사실 백 년을 살기 어려운 나무라고 아나운서가 소개한다. 고로쇠나무와 함께했기 때문에 백 년의 세월을 견뎠다는 것이다. 앞으로 몇 백 년을 더 살 수 있을지도 모를 일이다. 사랑만이 오직 기적을 만들 수 있다는 것을 나무를 보며 새삼 깨닫는다.

사랑의 힘으로 서로 보듬어 살아온 연리목連理木의 자태에서 험한 세월의 흔적이 고스란히 느껴진다. 무슨 연으로 그들은 한 몸이 되었을까. 아무리 생각해도 어울리지 않는 나무들 아닌가. 에고사포닌이란 강한 독성을 품고 있는 '때죽나무'와 만병통치 음료 정도로 알려진 수액을 품은 '고로쇠나무'는 로미오와 줄리엣 가문 만큼 어울리지 않는다. 그러한 그들에게 어떤 천륜이 있었기에 한 몸이 되었을까. 생각만 해도 가슴이 뭉클하다.

소녀 시절, 고향에 지능이 조금 낮은 언니가 한 명 있었다. 같이 교회를 다녔기 때문에 우리는 많은 시간을 함께했다. 언제부턴가 언니의 씀씀이가 헤프기 시작했다. 외모에도 신경을 쓰더니 그 당시 조금 비싸다고 생각되는 옷을 사는 것도 망설임이 없었다. 그 출처가 궁금했지만, 부모님이 모자라는 딸이 안쓰러워 풍족하게 쓸 수 있게 용돈을 주는 정도로 생각하고 말았다.

한동안 언니가 동네에 나타나지 않았다. 대신 이웃에 사는 노인이 언니에게 한 나쁜 짓에 대한 소문으로 동네가 시끄러웠다. 점점 불러오던 배를 이상하게 생각하여 부모님이 산부인과 병원에 데리고 갔다는 이야기는 작은 마을이기에 금방 퍼졌다. 며칠 뒤, 태연하게 나랑 놀자며 우리 집 마당에 들어서는 언니와 몇 년을 더 친하게 지냈다.

스무 살이 조금 넘었을 때였다. 언니를 마음에 둔 총각이 이웃 마을에 있었다. 다른 사람에 비교해 키가 조금 작을 뿐 부족함이 없어 보이는 총각이 언니를 사랑한다고 했다. 이웃 마을이니 당연히 소문은 들었을 것인데 결혼까지 하고 싶다는 남자를 고맙게 생각했었다. 그 뒤 그들은 결혼했고 내 관심에서 사라졌다.

　　몇 해 전, 귀농할까 해서 시골로 땅을 보러 다닌 적이 있었다. 그런데 우연히 어느 시골 골목에서 언니를 만났다. 삼십여 년 가까이 흘러간 세월을 말해주듯 모습은 많이 변해 있었다. 넉넉한 풍채와 걸걸한 말씨가 땅에 완전히 뿌리를 내리고 있는 단단한 나무처럼 느껴졌다. 그 사이 아이들을 셋이나 낳았고 여전히 남편의 사랑을 받으며 사는 듯했다. 그 옛날 모자란다는 이유로 동네에서 놀림을 당했던 언니는 그 마을에 터줏대감처럼 모든 일에 참견하며 씩씩하게 살고 있었다.

뿌리는 서로 다르게 시작을 했으나 한 몸을 만들어 보듬으며 사는 모습이 연리목과 다를 바 없어 보였다. 험한 세상이 찍어 준 주홍글씨를 가진 언니가 한 사람의 사랑으로 그것을 지우고 해 뜨고 달이 뜨는 동천洞天에 둥지를 틀고 살아가는 삶, 한 그루의 사랑나무였다.

세상에 많은 나무 중에 오로지 하나를 선택해 품어 안은 사랑나무, 태풍과 눈보라가 온몸에 엉겨 붙어 서로의 몸을 후려쳐도 떨어지지 않고 하나의 몸을 만든 연리목을 보며, 그런 사랑을 한 적이 있는가? 내게 묻는다.

사랑한다고 말했다가도 조금만 서운하면 돌아누워 버리는 가벼운 사랑, 떨어져 있으면 아쉽고 함께 있으면 금방 싫증을 느끼는 사랑, 조건을 따져 주고받는 손익을 계산하는 사랑, 자식이라는 끈으로 이어진 질기지만 연약한 사랑, 필요 때문에 이루어지는 나의 얄팍한 사랑의 감정이 부끄럽다.

지금이라도 늦지 않았다면 천륜의 인연으로 한 사람을 만나 백골이 되어도 떨어지지 않는 사랑을 하고 싶다. 하나로 꽁꽁 묶인 몸으로 서로의 살점까지 나누며 한 곳을 바라보며 같은 꿈을 꾸는 그런 사랑을 하고 싶다. 늦지만 않다면.

유배의 섬

저녁 식사를 마친 일행은 넓은 뒷마당에서 농구와 야구를 했다. 그들의 분주한 행동을 보고 있다가 구석에서 나풀나풀하고 있는 연을 발견했다. 뜻밖에 이국에서 연을 보니 그동안 말 못하고 억누르고 있던 서러움이 꿈틀거렸다. 내가 여기 유배되어 있다는 것을 연을 띄워 누구에게라도 알리고 싶은 마음이 울컥 치밀었다.

핑계를 만들어 모인 저녁 식사 자리였다. 이국에서 서로 말벗들이 아쉬운 탓에, 회사 직원의 아들 생일이라는 이유만으로도 모였다. 말로만 듣던 가든파티에 초대를 받았다. 초대받은 집 주위에는 넓은 호수가 노을빛을 받고 있었다. 호숫가에는 미녀의 다리 같이 쭉 뻗은 소나무가 물에 투영된 집안을 들여다보고 자기들끼리 몸을 섞으며 무슨 말인가 주고받았다. 바람이 잔디를 흔들고 바비큐 그릴 위에는 '지지직' 숯불에 고기가 익고 있었다. 잔디밭 울타리에 장미가 벙글거리며 가시를 한껏 세우고, 민들레 꽃씨가 바람을 따라와 한바탕 춤사위를 펼쳤다. 이내 나무에 올라앉은 새들이 합창을 했다.

미국에 이민 오기 이틀 전 노도를 다녀왔다. 노도는 유
배의 섬이다. 서포 김만중은 숙종이 인현왕후를 폐비시키고 장희빈
을 세우려 하자 이를 반대하다가 남해에 유배당한다. 그 유배지가
노도이다. 내가 도착했을 때 마침 노도의 저녁놀이 온 섬을 물들이
고 있었다. 초가를 지켜주는 동백나무가 떨어트리는 꽃을 벗 삼아,
돌아돌아 오는 파도의 끝없는 야사가 이어지는 이곳에, 유배를 당
한다면 거짓으로라도 죄를 지을 수 있을 것 같았다. 푸른빛이 도는
사색과 고요의 아름다움이 섬을 지배했다. 오랜 시름과 애환을 한
꺼번에 토해낸 뒤, 갓 맑은 얼굴의 노도였다. 그곳에서 서포는 비
록 몸은 섬에 갇혔지만, 상상의 나래를 맘껏 펼치며 「사씨남정기」
나 「구운몽」 같은 명작을 써 후세에 널리 읽히고 있으니 더할 수 없
는 영광을 누리고 있다.

노도의 밤은 준비도 없이 찾아왔다. 섬의 끄트머리에 노을이 완전히 지기도 전에 어둠부터 내렸다. 어둠은 거친 바람을 데려왔고 섬은 요동을 쳤다. 낮의 온화했던 평화는 이미 바닷속으로 침몰한 뒤였다. 흔들리지 않는 것이 없었다. 멀리 보이는 육지의 불빛도 심하게 떨렸다. 칠흑 같은 어둠 속에서 바다는 삼켜 버릴 듯 파도를 보냈다. 그 때문일까 내 속에서도 이상 기운이 감지되었다. 바람의 속도보다 더 빠르게 속엣것을 토했다. 노도에서 벗어나고 싶었다. 그러나 모든 것은 단절되어 내 손과 발을 묶어놓았다. 나를 구해달라는 연이라도 날리고 싶었다. 그야말로 유배의 섬이었다.

    노도를 다녀온 다음 날 나는 거대한 섬 미국으로 떠나왔다. 도착한 곳이 조지아에 있는 '뉴난', 풀밭과 울울창창 나무들로 둘러싸인 섬이었다. 아침에 눈을 뜨면 풀이 보이고 해가 지면 검은 풀이 육지를 막는 파도처럼 펼쳐졌다. 보이는 것이 그림이고 꿈꾸어 오던 이상세계였다. 적요 속에 방치된 생활이 더할 나위 없이 내 정서에 맞았다.

그러나 며칠 지나지 않아 나는 유배되었다는 것을 알았
다. 거대한 섬을 다 돌아보지 않아도 이곳이 노도와 다를 바 없는
유배지란 것을 깨닫게 되었다. 새소리에 눈을 뜨고 가든파티를 즐
길 수 있는 여유로운 생활이지만 어쩔 수 없이 내 손과 발은 묶여있
다. 부표처럼 이곳저곳 돌아다녀 봐도 이 섬에서 쉽게 나갈 수가 없
다. 아마 서포도 처음에는 노도에서 마음을 놓지 못하고 섬 끝에서
끝까지 허겁지겁 헤매었을 것이다.

홀어머니를 육지에 두고 온 서포가 그 어머니를 그리워 섬을 벗어나고 싶었던 적이 한두 번이었을까. 섬은 육지를 향한 애절한 그리움의 샘을 키우는 곳이다. 유복자인 서포 하나만 보고 사신 어머니에게 연이라도 띄워 소식을 전하고 싶지 않았을까. 나 역시 이곳 조지아 섬에 오기 전에 어머니를 잃었다. 어머니를 산에 묻고 한 칠이 지나지 않아 이곳으로 왔다. 죄를 지어 유배된 것은 아니지만 쉽게 돌아가지 못하는 곳이었다. 언제나 내 마음의 공간과 기억의 시간 속에 메아리치고 있었다. 연을 손에 들고 하늘로 날렸다. 연길도 굽이졌는지 이리저리 몸을 흔들다가 높이 날아올랐다. 어머니가 그리웠다. 또한, 어머니를 잃고 혼자 남은 아버지를 향한 그리움이 뼛속 깊이 사무쳤다.

꽃들의 전쟁

온 천지 꽃피는 계절이다. '이렇게 좋은 날 내 님이 오신다
면'이라는 노래가 저절로 흥얼거리게 되는 날씨다. 흐드러지게 핀 꽃을
초점 없이 바라보다 손전화기를 터치한다. 화면이 켜지면 게임방 '맞고
삽' 앱을 찾아 들어간다.

그곳엔 누군가가 있다. 열두 가지 꽃을 꽃꽂이하듯 나열하는 그 공간에 오백 칩, 오만 칩, 십만 칩, 각기 욕심의 무게로 집을 지어 놓고 사람을 기다리며 살고 있다. 누군가는 혼자 있는 무료한 시간을 죽이기 위해 들어와 무료충전이 주는 혜택을 누리는 중이다. 열 장의 꽃 패를 들고 착착 감기는 소리를 들으며 가벼이 호흡을 맞춘다. 또, 어떤 이는 현실에서 이루지 못한 대박의 꿈을 꾸며 꽃을 흔들기도 하고 꽃 폭탄을 치기도 한다. 또한, 같은 그림을 모아 먹기도 하고 싸기도 하다가 과한 욕심에 "한 바퀴 더." 외친 뒤 덜미가 잡혀 먹었던 것을 토해내기도 한다.

내가 이곳에 들어온 이유는 그분이 그리워서다. 철 든 뒤부터 꽃 그림을 좋아하던 사람이다. 이름 첫 글자가 '광' 자여서인지 비광, 똥광, 팔광, 솔광, 사쿠라광, 오광을 특히 좋아했던 분이다. 꽃이 피지 않는 겨울에 더 꽃을 찾아다녔던 그 사람이 그리워 나는 어제도 오늘도 꽃으로 전쟁하는 그곳으로 찾아간다. 겨울도 아닌 이 꽃 피는 계절에 말이다.

몇 년 전, 오로지 나를 위해 걷기 힘든 몸으로 미국 땅에 왔었다. 그분은 나를 만나서인지 힘이 난다 했다. 걱정되어 준비했던 휠체어는 한 달 동안 구석진 자리에서 꼼짝하지 않았다. 우리는 이곳저곳 꽃을 구경하러 다녔고 주위에는 나비들이 날아다녔다.

낮에 꽃을 구경하고 집으로 돌아오면 나는 꽃 그림을 꺼냈다. 그는 사십 여덟 장의 꽃 그림만 기억했다. 그것만 가지고도 충분했던 시대를 살았던 분이라 이해가 되었다. 그러나 나는 만족하지 못하고 지금은 '조카 시대'라며 두 장의 '조카'가 하는 용도를 설명해주었다. 처음에는 어려워했지만, 꽃을 좋아하는 만큼 그분은 금방 이해를 했다. 우리는 몇 장의 지폐를 주고받으며 서로 기싸움을 했다.

"사쿠라 먹고 쌌뿌렸네."

"니 벌써 난초 가져갔나."

"보이제? 달이 환한 거."

"알아서 가든지 서든지 해라만, 내 한테 있는 새 두 마리는 보이제?"

"왜! 나는 사쿠라 먹으면 안 되나?"

……

실력과 기가 딸렸는지 협박조의 말로 위협했지만, 잔머리 굴리는 것에 능해 꾀가 많은 내게는 통하지 않았다. 지는 걸 싫어하는 나는 대결에서 이겨야 직성이 풀렸기에 알아서 져 준다거나 봐주는 것은 있을 수 없는 일이었다. 지폐는 언제나 내게로 몰렸지만, 그분도 함께 있던 동안 포기하지 않았다.

한 달이라는 시간은 꽃 속에서 흘렀다. 세상의 어떤 꽃보다 더 귀히 여겼던 나와 마지막 이별을 해야 하는 공항에서 그분은 결국 휠체어에 앉았다. 이별은 정해져 있었지만, 거짓말처럼 잊고 있었다. 이 이별이 마지막이 아니길 간절히 바라는 마음은 뜨거운 커피에 적신 크래커처럼 흐물흐물해졌다.

꽃이 피고 졌던 자리에는 시리고 아픈 세월만 흔적으로 남았다. 그분과 함께 꽃을 구경하고 그림을 주고받던 기억을 떠올리는 지금 나는 그리움으로 허기가 진다. 미국에서 돌아간 후 일 년 뒤, 다시 꽃이 피던 계절에 그는 땅을 파고 집을 지어 그 속에 몸을 뉘었다. 흙으로 만든 집 앞에서 나는 우리가 함께했던, 꽃구경과 서로 많이 가지려던, 꽃 그림을 생각하며 그분의 흙집 주위에도 많은 꽃이 피어주기만 바랐다.

아버지가 그립다. 그리움은 세월이 흐를수록 더하다. 그럴수록 점점 '맞고 삽'으로 찾아가는 횟수가 는다.

신혼일기

　　결혼을 하고 이십여 년도 훨씬 지난 내가 신혼일기를 쓰고 있다. 이런 내 모습을 보고 콧방귀를 껴도 어쩔 수 없고 주책없다고 손가락질해도 달게 받을 생각이다. 누가 뭐래도 나는 지금 행복한 신혼 생활을 하고 있다고 주장하고 싶으니까.

결혼 초에는 신혼의 달콤함은커녕 내 인생의 암흑기였다. 결혼과 동시에 먹은 양보다 더 많이 토해내는 입덧으로 변기통을 잡고 지냈다. 아이를 낳은 날부터는 일상이 전쟁 같았다. 산후 우울증까지 겹쳐 그가 하는 모든 행동이 마땅치 않았다. 남편의 고집을 트집 잡았고, 늦은 귀가를 나무랐다. 성급한 결혼을 후회했다.

원래 나는 촌부의 아내가 되고 싶었다. 하얀 수건을 탁탁 털어 머리에 쓰고 샛별을 보며 들로 나가 이랑과 고랑을 만들며 살고 싶었다. 어둑한 땅거미가 내리면 쓴 풀꽃을 꺾어 지게에 지고 앞서 걷는 남편의 뒤를 따라, 같은 발자국을 찍고 싶었다. 이런 말을 하면 세상 물정 모르는 사람이라고 하겠지만 스무 살 때까지 논에서, 밭에서, 산에서, 일했던 경험이 있기에 누구보다 잘 아는 생활이었다. 사랑하는 사람과 그저 욕심 없이 촌부의 아낙으로 물처럼 산처럼 살고 싶다는 생각을 막연히 했다.

그러던 중 마음에 드는 총각이 생겼다. 같은 마을에 두
살 위의 오빠가 도시서 살다가 고향 마을로 돌아와 귀농했다. 그때
나는 서울에서 직장생활을 하다가 시골집으로 휴가를 갔었다. 고향
선후배니 자연스럽게 친해져 낮에는 마을에서 좀 떨어졌지만 데이
트하기 좋은 곳으로 나들이를 갔고, 밤에는 별이 쏟아지는 마을 앞
거랑에서 물고기를 잡아 매운탕을 끓여 소주잔을 기울였다. 만나
는 횟수가 늘고 오가는 대화가 많아지고 보니 점점 감정이 생겼다.
어쩌면 나의 촌부가 될 수도 있겠다는 생각에 이르렀다. 꿈이 현실
이 될 수 있다는 용기가 생겼다. 그도 나와 같은 마음인 것 같았다.
대쉬dash 해 주길 기다리다 정작 고백을 내가 먼저 해버리고 말았
는데 그만 보기 좋게 딱지를 맞았다. 그런데 이상하게도 마음이 편
했다. 어쩌면 힘든 농촌 생활을 알기에 차라리 잘된 일이라 안심이
된 모양이었다.

그 뒤 기회는 좀처럼 찾아오지 않았다. 도시에서 직장생활을 했으니 농촌 사람을 만날 기회도 없었다. 남편과 이년 연애를 한 뒤 자연스럽게 결혼을 했다. 어촌에서 물고기와 놀던 사람이라 나름 서정적이고 풍부한 감정을 가졌으리라 생각했던 것이 오산이었다. 가끔은 씨를 뿌린 뒤 흙이 키워 내놓는 결과물에 대해 감탄하며 하늘도 쳐다보는 사람을 원했지만, 남편은 그런 사람이 아니었다. 그저 앞만 바라보는 사람이었다. 무뚝뚝한 표정에 심장은 메마르고 딱딱한 사람이었다. 그것도 모르고 결혼을 했으니 분명 콩 꺼풀이 내 눈을 멀게 했으리라.

신혼의 단꿈이란 일찌감치 나와는 거리가 멀었다. 하필 결혼하고 몇 년 뒤부터 남편의 회사 일이 너무 바빠졌다. 새벽에 출근해서 다음 날 새벽이 되어야 집으로 돌아왔다. 아예 퇴근하지 못하는 날도 많았다. 나는 한 칸짜리 좁은 월세방에 혼자 갇힌 느낌이었다. 창살 없는 감옥이었다. 후회로 뱃속은 울렁이고 머리는 복잡했다. 오죽하면 횟감을 실은 트럭에 나란히 붙어 서서 칼질하는 젊은 부부가 다 부러웠을까.

지금 나는 소파도 텔레비전도 식탁도 없는 텅 빈 거실에 앉아 온종일 새색시처럼 남편을 기다리고 있다. 딸은 새로 시작한 대학 생활이 재미있고 바쁜 모양이다. 부모의 이국 생활은 걱정도 되질 않는지 자기가 필요한 것이 없으면 전화도 없다. 품에서 이미 멀어졌다.

말도 통하지 않는 타국에서 단둘이 살게 되고 보니 기댈 사람은 자연히 남편뿐이다. 그 또한 마찬가지 아니겠는가. 원수 같은 마누라일지언정 보듬고 살 수밖에. 한국에서 먼저 부친 짐이 사람보다 늦게 도착하기에 살림이라고는 회사 방문자 숙소에서 가져온 냄비와 프라이팬, 수저 두 벌이 전부다. 그리고 이불과 베개는 하나뿐이다. 신혼이 아니라 할 수 없게 생겼다. 아무리 싸움을 해도 한 이불을 덮어야 하니 내심 엉큼한 속내에 얼굴이 붉어진다.

　　자취 생활의 경험이 있는 남편이 냄비에 밥을 짓는 동안 나는 라면상자 위에 읽어보지 않은 영문 신문을 덮는다. 하나씩 포장이 되어 있는 김을 가위로 잘라 그 위에 올리고 아이스박스에 포장해서 귀한 보물처럼 들고 온 김치를 꺼낸다. 마지막으로 프라이팬에 달걀부침을 두 개 해서 올린다. 그 사이 남편은 고들고들한 밥을 공기에 담아 들고 온다. 종이상자로 만든 식탁이 비좁을 정도의 만찬이다. 자연스럽게 머리를 맞대고 이 세상에서 가장 훌륭한 식사를 한다. 벽난로에 장작을 몇 개 넣어 불을 피우고 남편의 인생 드라마를 텔레비전을 보는 대신 들으며 낯설기만 한 이국의 밤 이랑과 고랑을 다듬는다.

부모님과 형제와 떨어져 남편 하나 바라보며 떠나온 머나먼 타국에서 생각지 않은 신혼의 단꿈을 꿀 줄 누가 알았겠는가. 농촌은 아니지만, 앞마당과 뒷마당에는 푸른 잔디와 꽃들로 가득하다. 남편은 잔디 위에 서서 꽃을 꺾어 내게 주는 대신 담배를 입에 문다. 깨끗한 공기를 오염시킨다고 눈을 흘기는데, '이곳에다 상추를 심어 볼까?' 하다가 서둘러 출근한다. 어쩌면 나는 곧 꿈이 이뤄질 수도 있다. 조금 부족하고 불편해야 서로 이해하게 되는 모양이다.

남편과 이십여 년을 함께했다. 이렇게 신혼일기를 쓰는 날도 있으니 역시 사람은 오래 살고 볼 일이다. 요즘은 결혼식 끝나기 무섭게 이혼하는 부부가 늘고 있다는데, 혹시나 그런 사람들이 있다면 이 글을 읽고 조금 참고 더 살아 보는 것이 어떨까 싶다. 살다 보면 좋은 날도 찾아올 것이기에.

바비레따

초가을, 여름보다 화창하고 정열적이고 뜨거운 이쯤을 러시아에선 다섯 번째 계절 '바비레따'라고 한다. '바비레따'는 몸과 마음에 물이 올라 아름다움의 절정이라는 의미가 있다. 그래서 젊은 시절보다 더 화사하고 매혹적인 중년 여자에게 "당신은 지금 바비레따에 살고 있군요."라는 찬사를 보낸다. 나의 지인 중에도 그 말을 꼭 해주고 싶은 사람이 있다.

그를 처음 만난 것은 '둘루스'에 있는 한식당에서다. 당시 나는 미국으로 건너간 지 일 년도 채 되지 않았다. 어찌하다가 그곳 중앙일보에 수필을 연재하게 되었는데, 내 글을 읽은 모양이다. 어두운 식당 한쪽에 바다색 블라우스를 입은 그녀가 나를 보자 얼굴에 미소를 서서히 퍼트리며 환한 표정으로 내 손을 잡았다.

내 또래쯤 되어 보였지만 나보다 몇 살 위였다. 짧은 커트 머리가 주는 당당하고 도회적인 인상과 다르게 대화하는 내내 습관이 되어 있는 배려가 처음 만난 사이라는 경계를 허물었다. 미국에서 경험한 일들을 코믹하게 쓴 내 글을 읽은 후, 어떤 사람인지 궁금했단다.

어느 날, 내가 사는 근처에 왔다며 연락을 했다. 만나기 전 전화로 몇 번 오간 사이라 반가웠다. 그가 이야기를 시작했다. 내가 시작했다고 표현한 것은 그 전에 가볍게 나눈 대화와는 차이가 있기 때문이다. 그동안 자신이 살아온 이야기를 말로 풀어냈고, 나는 그 말에 빠져들어 한숨을 내쉬기도 하고 고개를 끄덕끄덕하기도 했다.

디자인을 전공한 그는 자타가 인정한 재원이었다. 부유한 집안의 장녀였다. 앞날은 두려울 것도 장애물도 없다는 생각을 했다. 꿈을 향해 그저 발을 내딛기만 하면 되었다. 젊은 열정으로 같이 공부하던 남자와 사랑을 했고 이 년 뒤 둘은 결혼했다.

살아온 환경이 달랐던 만큼 둘의 결혼은 당연한 절차이듯 삐거덕거렸다. 금이 가고 있는 결혼생활에 해결책으로 그는 남편에게 이민 가자고 졸랐다. 부모님을 두고 떠난다는 것에 망설이던 남편이 겨우 승낙했다. 서울 올림픽 준비로 분주한 한국을 두고 친정 부모가 해준 돈을 들고 부부는 미국으로 향했다. 미국은 푸른 초원이 가득한 기회의 땅이라 동경하고 있던 곳이다. 그곳은 가기만 하면 꿀과 젖이 흘러 풍요로운 생활이 기다리고 있다는 착각을 했다.

　　말도 통하지 않고 아는 사람도 없는 이민자 생활은 생각했던 것보다 비참했다. 풀장이 달린 집은 꿈속에서도 가질 수 없었다. 현실은 쥐가 다니는 낡고 작은 아파트였고, 가지고 간 돈은 오래가지 않았다. 그때부터 그의 삶에 서서히 물이 빠지기 시작했다. 빠지기 시작한 물은 급물살을 탔다. 급기야 파도가 생겼다.

　　식당에서 설거지하는 일은 참을 만했다. 건물 화장실 청소도 할 만했다. 도저히 참아내지 못한 것은 남편의 폭력이었다. 그가 졸라서 온 이민이기에 남편의 폭력에 변명도 할 수 없었다. 지친 몸을 이끌고 집에 들어오면 남편은 술에 취해 온갖 욕설을 퍼부었다. 성이 차지 않으면 그 다음 순서로 하는 손찌검은 도를 넘었다. 물이 빠져 버린 얼굴은 버석거렸고 온몸은 뱀이 기어 다닌 듯 멍들었다. 아들을 생각하면서 이혼을 망설였지만, 남편은 끝내 변하지 않았다.

몸과 마음이 너덜너덜해진 상태로 결국 헤어지게 되었다. 이혼 후 몇 년 동안, 몸은 힘들었지만 마음은 편했다. 그사이 아들도 공부를 다 끝냈고 엄마를 도와, 넉넉한 생활은 아니지만 평온한 시간이 흘렀다. 그때 그녀의 삶에 물회오리가 또다시 한차례 일었다. 속이 자꾸만 불편해 찾은 병원에서 위암 판정을 받은 것이다. 자신의 신세가 원망스럽고 절망스러워 앞이 보이지 않았다. 서서히 삶에 욕심이 사라졌다.

수술을 해보자고 권유한 의사 말을 듣고 입원을 한 그날은 차라리 마음이 잔잔한 호수처럼 편안했다. 모든 것을 내려놓고 나니 이상하게도 한 줄기 빛이 보였다. 그 빛은 하늘로 향했고 그곳에서 자신을 위로하는 손길을 느꼈다. 이유 없이 출렁이며 흐르기 시작한 눈물은 멈춰지지 않았다. 그동안 다 빠져버렸을 물이 어디에 그렇게 저장되어 있었는지 끝없이 흘렀다. 눈에 흐르는 물만 빠진 게 아니라, 머리에 머리카락도 한 올 남지 않고 빠졌다.

그러나 그때부터 다시 얼굴에 윤기가 돌았다. 몸에서도 생기가 돌았다. 고인 물이 썩어 다 빠져버린 후 몸에 샘물이 다시 솟은 모양이었다. 시한부 선고까지 내렸던 의사도 신의 도움 없이는 일어나기 힘든 일이라며 놀라워했다. 절망의 끝을 경험한 사람에게 다시 찾아온 희망이 삶을 더 간절하게 만들었다.

그를 따라 먼 시간여행을 다녀온 나는 그의 손을 잡고 힘을 주었다. 몇 년 전 일이라 이제는 완전히 물이 올라 건강해 보였다. 누구보다 자기 자신을 사랑한다는 밝은 표정에서 행복한 에너지가 흘렀다. 새롭게 시작한 비즈니스가 자리를 잡았고 봉사도 많이 하고 있다는 말에 가슴이 뭉클했다. 모든 역경을 이겨낸 뒤 오롯이 자신을 사랑하는 성숙한 여인이 된 것이다. 그 모습이 정열적이고 아름답게 보였다. 그는 다섯 번째 계절 '바비레따'에 사는 것이 분명했다.

사랑하기 좋은 나이

"쓸쓸하네."

뜬금없이 남편이 한마디 했다. 잠자리에
들었던 남편이 혼자 생각에 빠져 있었던 모양이다.
나는 옆에서 손전화기로 세상 구경을 하고 있었다.
한국에서는 밤늦게까지 이런저런 모임을 가졌지만,
미국에선 밤 문화가 없어 그야말로 동지섣달 긴긴
밤 무료한 시간 보내는 일이 예삿일이 아니다.

집은 늘 조용하다. 숲에 싸여 있는 이곳에 이사 온 뒤에는 따사로운 햇살조차 적막하다. 해가 뜨기도 전에 출근해서 밤이 깊어 퇴근하는 남편이야 회사에 있는 시간이 많으니 그 적요는 내가 감내해야 하는 일이라 생각했다. 쓸쓸하고 외로움을 타는 일은 내 몫이지 남편과는 상관없는 일인 줄 알았다.

옆에 누워 있는 남편 쪽으로 몸을 돌리고 의외라는 듯이 이유를 물었다. "그냥."이라고 짧은 대답을 하더니 침대에서 일어나 컴퓨터를 열어 음악을 틀었다. '내 나이가 어때서 사랑하기 딱 좋은 나인데…….' 남편의 감정과 어울리는 절묘한 가사에 피식 웃음이 나왔다. 그런데 온갖 분위기를 잡고 노래를 따라 부르는 남편을 바라보니 갑자기 마음이 짠해졌다.

    나는 그동안 내 남편은 그런 감정을 모르고 사는 줄 알았다.
감성적인 것과는 어울리지 않은 사람이라고 생각했다. 공고 졸업에 공대
출신 아닌가. 공돌이라는 말을 스스로 하는 사람이다. 눈뜨면 일하고 지
친 몸으로 집에 돌아와도 남겨두고 온 일 생각에 다른 감정은 느끼지 못
하는 것처럼 보였다.

엔지니어라는 타이틀을 달고 기름때 묻히며 일을 하지만, 회사 모든 일을 책임져야 하는 사람이다. 휴일에도 늘 일에 예민했다. 계절의 변화를 느끼고 분위기를 찾는 일 따윈 도통 어울리지 않았다. 그런데 이상하게도 최근에는 어릴 때 친구 이야기나 지난 일을 더러 말했던 것 같다.

일방적인 남편의 구애에 못 이기는 척 선심 쓰듯 결혼했고, 내내 나에 대한 사랑은 변함없어 보였다. 결혼 후에도 사랑한다는 말과 내가 옆에 있어 행복하다고 자주 말했다. 바쁘게 세월은 흘렀다. 남편이 아침에 출근해서 밤에 들어오는 것은 자연스러운 일이 되어버렸다. 나는 점점 스며든 안일함에 자만심만 커져 내게 대한 사랑도 당연한 줄 알았다.

쓸쓸하지 않은 사람이 어디 있겠는가. 부부가 나란히 누워 있어도 어느 한쪽은 쓸쓸할 수 있다는 것을 나도 안다. 가끔 남편이 옆에 있어도 채워지지 않는 허기가 나를 찾아왔으니까. 그런 일은 내게 자연스러운 일이었다. 그런데 남편도 나랑 똑같단 생각은 해본 적이 없었다. 남편도 외롭고 쓸쓸할 수 있다는 생각을 왜 하지 못했을까. 세월의 강을 건너면서 위태로운 감정을 겪지 않은 사람이 어디 있겠는가. 때로는 단조로운 생활에서 탈피하고 싶을 때가 있겠지. 어쩌면 노래를 핑계로 사랑하기 딱 좋은 나이에 새로운 사랑을 꿈꾸는 건 아닐까.

남편 얼굴을 슬쩍 쳐다보니 정말 사랑이라도 할 표정으로 노래를 부르고 있었다. 특히 '사랑하기 딱 좋은 나이'라는 가사 중 '딱'에 힘을 싣고 엄지, 중지, 검지를 부딪쳐 '딱' 하는 소리까지 맞춰 반복하는 모습이 비장하기까지 하다. 나이가 오십이면 하늘의 뜻을 알아 지천명이란 소리는 들어봐도 그 나이가 사랑하기 딱 좋은 나이라니 큰 위로가 되는 노래 아닌가.

"야야야~ 내 나이가 어때서~

사랑하기 **딱** 좋은 나인데~"

나도 옆에서 손가락으로 딱딱 소리를 내며 박자를 맞췄다. 혼자 부르다가 내가 같이 불러 신이 나는지 목소리가 더 커졌다. 진짜 사랑하는 사람처럼 들뜬 것 같기도 했다. 나도 같이 박자를 맞추며 노래하다 보니 새로운 사랑을 밀어주고 싶은 생각까지 들었다. 남편의 스산한 감정이 측은지심을 불러일으킨 모양이다. 지천명의 나이가 되면 배우자의 사랑까지도 이해하겠다는 위험한 상상도 할 수 있는가 보다.

남편은 노래를 몇 번이나 따라 부르더니 음악을 껐다. 자리에 누워 나지막이 노래를 흥얼거렸다.

풀 서비스

바야흐로 풀 서비스의 시대가 도래했다. 애프터서비스는 워낙에 오래전부터 이루어진 일로 구시대적인 단어쯤으로 여겨진다. 영화를 보고 식사를 하고 여가의 모든 것을 해결할 수 있는 쇼핑몰의 원스톱 서비스 또한, 이천 년대 초의 핫 이슈였지만 지금은 거의 보편화 되어 새롭지는 않다. 이제는 물건을 살 때부터 평생 관리를 해주는 풀 서비스쯤 되어야 고개를 갸웃해 보게 되는 이른바 고객의 시대라 할 수 있다.

생경할 수도 있겠지만, 이십 년을 넘게 함께 사는 우리 부부도 풀 서비스가 필요할 때가 있다. 의견 차이로 감정의 대립이 며칠 이어진다거나, 무료한 생활이 점점 병이 들고 있을 때 한쪽에서 풀 서비스를 제안한다. 어떤 일로 잘못을 했다고 생각하는 쪽에서 먼저 손을 내미는 경우가 대부분이다.

풀 서비스란 처음부터 끝까지 서비스를 해주는 경우를 말한다. 서비스를 받는 쪽은 고객이고, 고객은 곧 왕이 된다. 원하는 대로 서비스해줘야 하는 쪽은 물건을 팔아야 하는 사람이겠지만 우리 부부는 그날 좀 더 사랑하는 마음이 있는 쪽이 대상이 된다. 연인이나 부부 관계에선 더 많이 사랑하는 쪽이 늘 약자라는 원리이다. 그러나 이미 이십 년이나 더 살을 섞으며 산 부부가 무슨 감정이 더 있고 덜 있고 하겠는가. 필요 때문에 행해지는 것이 다반사다.

내가 갖고 싶은 물건이 있는데 남편의 허락을 받아야 할 때, 시댁을 가기 전날 남편이 내 비위를 맞추어 주기 위해 제안하는 식이다.

말은 상대를 자극하기 위한 최고의 무기다. 말은 칼이 되기도 하고 총이 되기도 하여 보이지 않는 피를 흘리게도 하지만, 반대로 모든 벽을 허물어 버리게 하는 힘도 있다. 상대의 섹시함을 말로 운을 띄우면서 시작한다. 몰랐던 것을 처음 발견했다는 듯 하얀 거짓말도 상관이 없다. 칭찬받는 것을 좋아하지 않을 사람은 없다. 당신을 내 사람으로 만든 것은 내 최고의 선택이라는 말을 해주면 거의 허물어진다. 허물어진 상대를 은근하고 축축한 눈길로 무장해제 시킨다. 서비스 받을 준비가 된 것이다.

125

진홍색 와인을 잔에 따르고 상대의 검은 눈동자에 들어 있는 내 눈을 들여다본다. 이미 몸을 섞고 있음을 느낀다. 눈동자 속에 내가, 땡그랑 소리의 여운이 가시지 않은 와인을 혀로 굴린다. 떫고 시큼한 맛이 혀와 입천장에 까끌하게 머물다 목젖을 타고 흐른다. 끈적거리는 음악과 진한 핏빛 와인은 귀와 눈을 자극한다. 이제 은밀한 행동이 필요하다.

텔레비전에서 음악프로를 보면 눈을 감고 감상하는 사람들을 볼 수 있다. 눈을 감으면 전해지는 감동이 더한 탓일까. 부르는 사람의 목소리나 감정을 더 세심하게 느낄 수 있기 때문이 아닐까 싶다. 눈을 뜨면 많은 신경을 다른 곳에 뺏기기 때문에 눈을 감는 것이리라. 때로는 지겨운 마누라를 보기 싫을 때도 있지 않을까. 눈을 감으면 몸을 더 잘 느끼고 상상의 즐거움도 클 것 같다. 서비스 목록에 올리자. 준비물로 안대나 손수건 정도는 준비해 둘 것.

먹는 것에도 몸이 원하는 것과 뇌가 원하는 것이 있다. 신진대사를 원활하게 만드는 것은 몸이 원하는 음식이고, 반면 예쁘고 자극적인 것은 뇌가 원하는 것이다. 풀 서비스에서는 이 두 가지가 다 필요하다. 근육을 이완시키기 위해 머리에서 발끝까지, 강하면서 부드럽게, 세포 하나도 소중하게, 세심하면서 날카롭게 몸이 원하는 만큼 터치해 준다. 나른해진 몸이 채워지지 못한 욕망으로 뇌가 움직인다. 왕을 대하듯 했던 모든 행동을 거둔다. 거칠게 대하며 뇌쇄적 자태로 애를 태우면 풀 서비스 중반에 접어든 것이다.

이쯤 되면 서비스를 받는 것이 따분해진다. 물건을 산 뒤, 고장이 나 몇 번 서비스 받다 보면 자신도 고칠 수 있지 않을까 싶을 때가 있다. 그래서 관찰하게 되고 고쳐보려 하는 것과 마찬가지라 하면 억지일까. 상대에게 몸을 맡겨두기보다 자신도 뭔가가 하고 싶어지기 때문이다. 미흡한 터치 탓에 자신이 손수 보여주고 싶은 부분이기도 하고, 멋쩍었던 생각들이 상대의 노골적인 행동에 자신을 얻은 까닭이기도 하다.

이제 서로 서비스를 주고받게 된다. 마주 보기도 하고 같은 곳을 보기도 하며 눈을 감기도 하고 뜨기도 한다. 손을 잡기도 하고 손을 놓기도 하며 뇌가 시키는 대로 하다가 몸이 원하는 것을 하기도 한다. 주는 서비스도 받는 서비스도 결국은 모두 쾌감으로 이어진다.

풀 서비스란 고객도 기업도 최상의 만족을 목표로 하는 것이다. 하여 풀 서비스가 갑과 을에게만 필요한 것은 아니다. 오랜 세월 따분하고 지루한 부부 생활에도 꼭 필요한 것이 아닐까 싶다. 녹슨 자전거 바퀴에 기름칠을 해 주면 부드럽게 굴러가는 것처럼 말이다.

너에게

안녕, 잘 지냈니 **?**

참 오랜만에 네게 글을 쓴다. 새삼 '왜?'라고 물을지도 모르겠다. 인연의 끈이 끊긴 그때부터 계속된 미안함이라면 변명일까. 어쩌면 네 기억 속에는 이미 내가 사라졌을 수도 있겠지. 혹시나 잊힌 기억을 떠올리게 해서 괜히 마음 상해하지 않을까 걱정도된다. 그저 한철 바람처럼 스친 지난 일처럼 가볍게 여겨주길 바라는 마음이야.

131

지난 세월 동안 한 해를 마무리하는 이 계절이 되면 가끔 네가 떠올랐어. 또 우리 같이 듣던 음악이 흐르거나 너와 함께 했던 곳에 가게 되면 문득문득 너를 생각했지. 숨을 쉬는 것을 의식하지 못하듯 네 생각을 하는 것도 의도하지 않은 일이었어. 그때마다 궁금했어.

괜찮았니?

나무가 바람에 흔들리는 것은 나무가 좋아서가 아니라 흔들리지 않으면 꺾이기 때문이라지. 이리저리 방황했다는 소식은 들었어. 내 흔적을 지우기 위한 몸부림이었겠지. 미안해. 꼭 해주고 싶었던 말이야. 네게 등 돌린 뒤 미안하다는 말 염치가 없었어. 합당한 이유를 만들어 나 스스로 위로하며 지냈지. 위선이란 걸 내가 제일 잘 알면서.

막상 네게 글을 쓰려고 앉아 있으니 지난 일이 떠오른다.

그해 마지막 날 생각나니? 바다가 내려다보이는 곳에서 파도를 보며 처음으로 네 이야기를 했지. 네가 짊어진 무게가 얼마나 무거운지. 너는 겨울 파도 보다 더 처연한 모습이었어. 그날 바다 때문에 우리 둘 다 많이 취했지. 그 겨울, 바다에 많은 것을 묻어 둔 채 지금껏 살아왔네.

너를 만나기 위해 탔던 겨울 기차도 생각이 난다. 싸락눈이 내렸지. 네 시간을 달려 네가 있는 도시로 갔어. 가로등에 불이 켜지고 낯선 길에서 네가 오길 기다렸어. 눈을 맞으면서. 멀리 달려오던 환한 네 얼굴이 지금도 기억난다. 그 겨울밤이 참 따뜻했었어. 넘어지면 일으켜 세워 주고 아프면 어루만져 줬지. 그랬지. 그때 우리 서로 많이 좋아했던 것 같아.

하지만 변화가 많은 시기였어. 하루하루가 질풍노도였던 것 같아. 어렸고 교만했어. 특히 너에게 제일 냉철했던 것 같아. 사소한 것도 이해를 못 했어. 나를 위했던 모든 일은 당연한 줄 알았지. 지금은 기억조차 나지 않는 하찮은 일로 무릎까지 꿇은 너를 두고 매몰차게 돌아선 내가 많이 미웠을 거야. 늘 옆에 있는 것은 중요한 줄 모르고 살잖아. 그때 내가 그랬나 봐. 이렇게 세월이 흐른 뒤에야 나를 깨닫는다. 미안해.

책장 정리를 하다가 내게 선물한 책을 봤어. 나는 네가 준 것도 몰랐지. 나를 위해 써준 글을 보고 알았어. 세월은 감정을 무디게 하고 기억까지 지배하는 모양이야. 십이월 어느 날 전해준 시집 기억하니? 그걸 보고 너와 한 약속이 생각났어. 약속 지키지 못해 미안해. 내가 많이 미웠지?

이제 너도 중년의 강을 건너고 있겠지. 어쩌면 그때 우리 또래쯤 되는 자녀가 있을지도 모르겠다. 그렇게 세월은 흘렀네. 살면서 한 번은 만나질까 싶었는데 그것도 아니더구나. 많은 사람이 만나고 헤어지잖아. 삶의 여정 속에 이별이란 흔한 일이지. 스쳐 지나가는 인연이 너와 나뿐일까. 세상의 길은 많아도 내가 가야 할 길은 정해져 있듯 너와의 인연도 그런 것 같아. 염치없지만 변명을 해본다.

이제 글을 마무리해야겠다. 혹시나 궁금할까 싶어 내 안부를 전한다. 앞으로도 행복하게 잘 지낼 거라고. 너도 하루하루 최고로 행복하게 살기를, 한해 한해가 늘 네 인생 최고의 해가 되기를 바란다. 나로 인해 받았던 상처가 오히려 약이 되어 네 삶이 더 빛났기를 소망해 본다. 또한, 감히 희망해 본다. 내가 상처가 아닌 청춘의 한 페이지에 함께 했던 좋은 추억으로 남았기를 바라며 안녕을 고한다.

늘 행복하기를……

얼음비

　　어둠은 순식간에 찾아왔다. 허둥대는 사이 사방이 캄캄
했다. 운전하는 남편은 긴장했고 나는 숨소리만 낼뿐 차 속에는 적
막이 흘렀다. 십여 분 남짓한 거리를 이삼십 분 넘게 길을 헤매는
중이었다. 얼음이 언 길 위에는 통나무가 여기저기 넘어져 있었다.
나무를 피해 가려고 길을 헤매고 있는 사이 어두워졌다.

며칠 전부터 날씨는 심상치 않았다. 몇 년에 한 번 올까 말까 한 눈이 연거푸 며칠 내리는 바람에 집에 갇혀 지냈다. 눈이 온다는 날씨 정보가 있으면 마트에는 며칠 먹을거리와 정전에 대비해 초나 랜턴 같은 비상용품을 챙기는 사람들로 북적거렸다. 도로는 완전 마비가 되어 회사도 학교도 문을 닫아야 했다. 자주 있는 일이 아니므로 초보 이민자인 우리는 처음에 아무 준비 없이 집에서 며칠 지냈다. 외딴집에서 남아 있는 음식으로 끼니를 때우며 갇혀 있으려니 초조하고 불안했다.

눈 내리고 며칠 뒤, 또다시 얼음비가 내린다는 예고가 있었다. 처음엔 우박을 말하는 줄 알고 별스럽지 않게 여겼다. 이미 오렌지만 한 우박이 내리는 것을 경험한 탓에 특별한 것도 아니다 생각했다. 그런데 막상 비가 내리기 시작하자 그게 아니었다. 분명 비처럼 보였는데 창으로 보이는 나무들 상태가 이상했다. 말 그대로 얼음비였다.

얼음이 비처럼 내렸다. 사물에 닿는 모든 것은 그대로 얼음이 되었다. 얼음 나무, 얼음 풀, 집도 큰 덩어리의 얼음으로 변했다. 잔디 위에 내린 비도 꽁꽁 얼어버렸고 내리는 양만큼 얼음은 커졌다. 회사에 갔던 남편도 겨우 운전을 해서 일찍 퇴근했다. 그런데 문제는 그때부터였다.

한나절 내린 비를 맞은 나무들이 가지들을 잘라내기 시작했다. 특히 나뭇잎이 많이 달린 소나무는 여기저기 '뿌지직' 소리를 냈다. 얼음의 무게를 지탱하기 힘이 들어 스스로 자기 몸 일부를 끊어 내고 있었다. 얼음비가 내리기 시작한 시간이 지날수록 침묵의 몸부림은 심해졌다. 우리 집은 꽁꽁 얼어붙은 성 같았다. 주위 모든 사물은 얼음 속에서 꼼짝 못 하고 형벌을 받는 듯 느껴졌다. 가끔 '쿵' 하는 소리도 들렸다. 자기 무게를 이기지 못해 통나무 그대로 넘어지는 소리였다.

한때는 숲속에 있는 동화 같은 집에 사는 것을 꿈꾸었다.
그런데 미국에 와서 정말 꿈꾸던 집에 살게 되었다. 그런데 이렇게
공포에 떨게 될 줄 몰랐다. 언제 날카로운 무기가 되어 집으로 넘어
질 줄 모르는 커다란 나무들이 무서웠다. 집은 온통 창으로 만들어
져 있고 창으로 보이는 풍경이 얼음 칼날 같은 나무들이 위협하고
있었다. 얼음비가 닿은 모든 것이 무서운 무기로 변했다.

결국, 쓰러진 나무들 때문에 정전이 되고 말았다. 전기가 들어오지 않아 히터가 꺼져버렸다. 난방과 주방 음식을 하는 모든 도구는 가스가 아닌 전기로 하는 집이었다. 히터가 멈춘 큰집은 서늘한 공기가 금방 들어앉았고, 당장 라면도 끓여 먹을 수 없는 신세가 되었다. 그나마 혼자가 아니라 남편이 옆에 있어 조금 위로는 되었다. 금방 전기가 들어오겠지 하면서 기다렸다. 그동안 가끔 두어 번 깜빡거리다 환하게 불이 들어오기도 했기에 설마 하는 마음이었다.

저녁이 다가오자 남편이 결단을 내렸다. 이곳에서 탈출해야 한다는 것이다. 꽁꽁 얼어 버린 집에서 밤을 보낼 수 없으니 당장 저녁을 해 먹을 수 있는 곳으로 가야 한다고 나를 재촉했다. 누구에게 물어볼 수도 없고 어디에 항의할 수도 없는 노릇이니 나는 남편 뜻에 따를 수밖에 없었다. 마침 이사 계획이 있어 가까운 곳에 얻어 둔 집이 있었다. 그곳에서 하룻밤 보내기로 하고 이불과 라면 그리고 김치 정도만 챙겨 나왔다.

이십일 세기에 정전 때문에 피난을 가야 하는 상황이 황당했지만 어쩔 수 없었다. 그런데 집에서 피난을 나오면서 라면을 끓여 먹을 냄비를 두고 나온 탓에 다시 돌아간 길이었다. 금방 어두워질 것 같았지만 멀지 않은 거리라 걱정은 하지 않았다. 그것이 착각이었다. 십여 분 소요되는 거리를 돌아와 냄비를 싣고 다시 온 길을 돌아가는데 그사이 길이 더 얼어 심상치 않았다. 길은 미끄러웠고 나무들은 몸통 그대로 얼음덩이가 되어 넘어져 있었다.

길을 막고 누워 있는 나무둥치가 보였다. 차를 돌리려 했지만 좁은 길이라 돌릴 수 없었다. 하필 내리막길에 도로는 얼음이었다. 후진할 수도 없고 앞으로 갈 수도 없었다. 길옆으로는 하늘을 향해 뻗은 얼음덩이 가로수들이 빼곡했다. 언제 그 얼음 나무가 우리를 향해 넘어질지 모를 지경이었다. 이러다 죽을 수도 있겠다는 생각이 들었다. 남편이 차에서 내려 나무를 들어보려 했지만 꼼짝하지 않았다. 한 아름 되는 나무둥치가 땅에 그대로 얼어붙어 있었다.

혹시나 하는 마음에 나무를 넘어가려고 차 엑셀 레이더를 밟았다. '꽝' 하는 소리와 함께 나무에 받힌 차는 움직이지 않았다. 후진 기어를 넣고 뒤로 빼려고 했지만 차도 그대로 얼어붙었는지 '윙' 하는 소리만 거칠게 낼뿐이었다. 그사이 어둑했던 주위는 캄캄해졌다. 불빛 하나 없는 곳에서 마음은 다급했지만 어떻게 할 도리가 없었다. 말이 통하지 않는 남의 나라에서 당장 전화를 할 사정이 되지 못했다. 지인들에게도 위험한 곳에 와 달라고 할 수 없는 처지였다.

　　얼음비가 온다는 날씨 예고를 봤으면서 그것이 어떤 것
인지 몰랐다. 이슬비나 소나기처럼 비가 오겠지 했다. '우박이나 얼
음처럼 차가운 비가 오려나.' 짐작하는 정도였다. 이런 무시무시한
비가 올 줄 몰랐다. 미리 알았으면 어떤 준비라도 했을 텐데 무지
와 안전 불감증이 밑바닥 깊이 박혀 있었던가 보다. 후회도 늦었다.
그때 캄캄한 숲속에서 한 남자가 전기톱을 짊어지고 걸어 나왔다.
어둠 속을 걸어 나오는 그가 거인 같이 크게 느껴졌다. 숲속에 있
는 그의 집에서 우리를 지켜보고 있었던 모양이다. 그 사람은 톱으
로 나무를 자르고 길을 열었다. 하나님이 남자를 보낸 것 같은 착
각이 들 정도였다.

149

한때는 사랑만으로도 살 수 있다는 생각을 했었다. 사랑하는 사람과 함께라면 깊은 산골도 좋고 무인도라도 상관없었다. 생각지 못했던 얼음비가 내린 것처럼 어쩔 수 없는 환경에 처한 상상도 했었다. 운명이라 명명하며 거창한 논리를 펴기도 했다. 그러나 막상 얼음집에 남편과 단둘이 갇혀보니까 현실은 달랐다. 남편이 의지가 되긴 했지만 무서운 감정은 어쩔 수 없었다. 얼음길 위에서는 죽을 수도 있다는 공포에 사랑은 크게 도움이 되지 않았다. 사람 마음이 간사하다지만 이렇게까지 얄팍할 줄 몰랐다. 세월은 감정까지 늙게 만드는 모양이다.

　　모양이 너덜너덜해진 건 차뿐이 아니었다. 죽음의 공포를 공유했던 남편과 내 감정도 너덜거렸다. 우리는 한동안 침묵했다. 때로는 침묵이 수많은 대화를 대신한다는 것을 체험했다. 냄비에는 라면이 익고 있었고 어둠 가득한 창밖으론 소나무 가지가 꺾이는 소리가 간간이 들렸다.

눈짓

    미국 서부 쪽을 여행 중 삼 일째 되던 날이다. 안개의 도시 샌프란시스코에 도착한 것은 열한 시가 조금 넘었다. 베이브릿지 위를 달려 케이블카를 타기 위해 언덕에 있는 마켓거리로 향했다. 도심을 관통하는 케이블카는 사람의 힘으로 움직였다. 낯선 도시에서 케이블카를 타는 일은 여행의 운치를 더했다. 억센 남자가 앞뒤에서 노를 젓듯 힘으로 멈추고 출발했다. 땡그랑거리는 소리가 도시의 삭막함을 녹였다.

케이블카가 출발하자 몸이 비틀거렸다. 동행한 친구는 난간의 기둥을 잡았고 나는 친구를 잡았다. 그때 의자에 앉아 있던 그가 일어났다. 나에게 앉으라고 눈짓했다. 순간이었다. 서로 눈길이 마주친 짧은 시간 주위의 움직임이 멈췄다. 낯설지 않은 얼굴이었다. 길지 않은 감색 바바리코트 옷깃은 반만 세워 그의 고독이 가볍지 않음이 전해졌다. 헝클어진 머리카락은 바람에 날렸고 사색에 잠긴 두 눈은 깊었다. 과거 어느 한철 인연의 고리가 깊었던 모양이다. 가슴에 마파람이 불었다. 떨렸다. 처음 보는 사람에게 느껴지는 감정이 아니었다. 전율이었다. 천 년 전에 우리는 만났을까. 샌프란시스코에 그와 나만 존재하는 듯했다. 바다에서 시작해 도시를 지나가고 있던 바람에 꽃이 날렸다. 소음은 사라지고 짧은 눈짓에 아득한 천 년 전 어느 모퉁이 길이 스쳐 갔다.

　　자석처럼 의자에 몸을 붙였다. 고층 빌딩이 다가오고 지나갔다. 머릿속에서 작은 진동이 느껴졌다. 스치듯 마주친 눈길 다시 거두면서 가늘게 이어진 눈짓의 그 마지막 받침 'ㅅ'의 흘림은 전율을 남겼다. 그도 나도 다른 곳을 바라보고 있었지만, 'ㅅ'은 가늘게 연결되어 지난 언어들 속에서 헤맸다.

불혹의 중간, 이 무슨 낯선 감정인가. 사람에게서 느껴지는 감정이야 이미 무디어질 대로 무디어지지 않았던가. 새로울 것이나 두려울 것도 없는 무덤덤했던 삶이지 않던가. 감당하기 어려운 요동치는 격정이 무엇이란 말인가. 잠시 혼돈에 빠졌다. 나와 상관없이 케이블카는 이미 정해져 있는 길을 따라 언덕을 오르더니 빌딩 숲을 지나갔다. 비탈길을 내려갈 때 그는 기둥에서 한 손을 뗐다. 나도 약간 턱을 올렸다. 바람을 느끼고 싶었다. 그는 온몸을 폈다. 기둥을 잡은 손과 같은 방향의 다리만 땅에 붙였다. 여유를 즐기는 듯했다. 멀리 보는 듯했지만 나를 의식하고 있다는 것을 마음으로 알았다. 우리는 미세한 촉각으로 서로 더듬었다.

    케이블카에서 내리는 나를 향해 친구는 손을 내밀었다.
갑자기 친구가 거추장스러웠다. 우리 사이에 장애물처럼 귀찮았다.
케이블카 계단에서 내리기를 멈칫거리는 내게 그는 조심하라는 무
언의 눈짓을 보냈다. 감정은 이미 서로 연결되어 모든 세포가 엉키
어 있다. 나는 혼자 확신했다. 나를 신경 쓰고 있었다. 느낌으로 알
수 있다는 핑계는 유치하지만 사실이다.

노스 포인트에 내렸다. 다음 여행지는 골든게이트 브리지다. 친구는 내 팔을 끌었다. 끌려가고 싶지 않았다. 우리에게 주어진 시간은 끝이 났다. 한마디도 나누어 보지 못한 그에게 남아 있는 여정을 동행하자는 말이 나오려는 것을 겨우 참았다. 이미 그는 인파들 속으로 사라지려 했다. 그도 나도 몇 걸음 걷다가 서로 고개를 돌려 확인을 했다. 두어 번 더 눈이 마주쳤다. 안타까운 마음속에 시원한 바람이 훑고 지나갔다.

멀어지는 그를 몇 번 뒤돌아보다가 나는 혼자 흥얼거렸다.

If you're going to San Francisco, Be sure to wear some flowers in your hair. If you're going to San, Francisco, You're gonna meet some gentle people there.

결

영주에 있는 무섬 외나무다리 위를 걷다가 모래까지 투명하게 보여주는 강물을 내려다보았다. 바람이 지나간 자리에 물결이 만들어졌다. 무심히 흐르던 물이 어느 순간 바람을 만나고 자갈을 만나면 결이 달라지는 모양이다. 투명한 몸으로 곧고 바르게 흘러가는 일이 어디 쉬운 일이던가. 우리네 삶도 마찬가지다. 작은 바람에도 일렁이고 파도치는 것이 삶 아닐까.

아무런 모양 없이 흐르던 물이 바람을 만나 아름다운 결을 만드는 모습을 보니 오래전 친구가 떠올랐다. 칠월의 태양처럼 피가 뜨겁던 이십 대 중반쯤이었다. 특별한 매력이 있는 것도 아니고 미모가 빼어나게 예쁜 것도 아닌 평범한 친구였다. 그때 대통령도 보통사람이라고 주장했는데 그야말로 친구도 보통사람이었다. 평일에는 직장에 나가 밥벌이를 했고 여유가 있을 땐 독서나 영화를 즐겨보는 친구였다.

　　그 당시 우후죽순으로 컴퓨터학원이 들어섰다. 친구도 무슨 생각이 있었던지 컴퓨터를 배워야겠다며 학원에 다니기 시작했다. 무엇을 처음 시작할 때 그렇듯이 산들바람이나 남실바람이 부는 것처럼 얼굴과 행동에 연한 결이 이는 듯했다. 점점 학원에서 보내는 시간이 많아지는가 싶더니 집에 와서도 생각은 다른 곳에 가 있었다.

누군가가 그 아이를 흔들고 있었다. 바야흐로 사랑이었다. 그런데 누구나 경험하는 보통 첫사랑이 아니었다. 평범하지 않았다. 결의 모양이 강하고 무서웠다. 잘 자지 않았고 잘 먹지도 못했다. 잔잔하게 흐르고 있던 일상에 바람을 만났고 그 바람은 감정을 요동치게 하고 있었다.

그들은 서로에게만 집중했다. 헤어져 돌아오다 보고 싶어 다시 달려가기도 했고 어쩔 수 없이 떨어져야 할 땐 그리움 때문에 몸을 떨었다. 영혼과 몸을 완전히 갖고 싶어 했다. 만나면 한시도 떨어지려 하지 않았다. 누군가에게 그렇게 집중할 수 있다는 것이 놀라웠다. 주위는 그들에게 생명을 잃었다. 그들에게 한 남자와 한 여자 외엔 관심이 없는 듯했다.

도대체 어떤 사람이기에 친구를 완전히 다른 사람으로 만들 수 있는지 궁금했다. 나는 그 사람이 큰 키와 조각 같은 얼굴에 다정한 성격 모두 갖춘 남자라는 생각을 은연중에 하게 되었다. 친구가 내게 해준 이야기가 그렇게 생각하게 했다. 그러나 내 기대와 다르게 직접 만나본 그 남자는 키가 훤칠한 것도 아니었고 호남형의 얼굴도 아니었다. 주변에서 흔히 볼 수 있는 평범한 인상의 남자였다.

　　불같은 사랑을 하는 사람은 어딘지 모르게 특별하다는 선입견을 품고 있었던 모양이다. 하지만 따로 있을 땐 둘 다 별로 특별해 보이지 않던 그들을 함께 보니 달랐다. 서로 바라보는 눈길과 짓고 있는 온화한 표정이 특별했다. 그들에게 더 이상의 짝은 없어 보였다.

친구는 점점 아름다워졌다. 이상하게도 빛이 났다. 외모와 성격이 달라졌다. 변한 시각은 길지 않았다. 남자를 만난 순간부터 몸과 마음이 움직인 모양이다. 사랑이 흐르는 모양으로 결은 만들어졌다. 그 결은 외모의 변화로 나타났다.

그들의 사랑은 주위 사람들에게 화제가 되곤 했다. '보다보다 저들처럼 별나게 사랑하는 사람을 못 봤다'는 말들을 했다. 밥을 잘 먹지 못하는 그들을 안타깝게 생각하는 사람도 있었다. 나도 통통했던 친구가 점점 말라가는 모습에 마음이 쓰였다. 사랑이라는 감정이 얼마나 강하기에 며칠 잠을 안 자고도 견디는지 잠이 많은 나로선 제일 궁금했다.

가만 생각해 보면 결이란 바람에 의한 것이란 생각이 든다. 바람은 공기의 흐름에 의해 일어나는 현상을 뜻하기도 하지만 어떠한 일이 이루어지기 원하는 마음이기도 하다. 바람은 불기도 하고 피기도 하고 맞기도 한다. 그들도 몸과 영혼을 만지고 탐하면서 자신들이 원하는 모양의 결로 만들어 나갔다.

그들에게는 별다른 장애물이 없어 곧 결혼했고 바로 아들을 낳았다. 그 뒤, 친구를 만나지 못했다. 소식도 듣지 못했다. 오랜 시간이 흘렀지만, 누군가에 의해 완전히 변하고 달라지던 모습은 생생하다. 바람에 그대로 노출된 나무나 돌에 결이 생기듯, 사람의 마음과 살갗도 바람이 지난 흔적으로 결이 생기는 모양이다.

무섬 강 나무다리 위에서 바닥을 내려다보며 나는 또 다른 뜻의 결을 생각한다. 꿈결이나 눈결, 무심결까지 떠올려 본다. 생각만으로 마음이 아릿하다.

어쩌면 나는 아직도 꿈꾸고 있는 것이 아닐까. 누군가가 내 마음에 파문을 일으키고 결을 만들 수 있는 그런 일이 무심결에 일어났으면 하는 바람을 버리지 못한 모양이다. 삶의 바람을 맞아 얼굴에는 결의 다른 이름인 주름으로 가득한데 말이다.

참 좋은 계절

고즈넉한 산길을 사분사분 걸었다. 두 사람의 어깨가 닿을 듯 말 듯 길은 좁았다. 절정에 치달은 단풍은 바닥에도 몇 겹으로 누워 있다. 산 중턱에 있는 암자에서 몸을 데운 따듯한 차 향기가 이성을 무장해제 시킨 듯 이미 동행하는 이에게 내 감정은 너그러웠다. 흙길, 자갈길, 단풍길이 이어져 발에 밟히는 소리조차 감성을 자극했다.

167

참 좋은 날이었다. 도시 빌딩 숲에서 몇 시간 교정 보는 일을 하게 되었다. 어디에 메이는 것을 싫어하는 내가, 삭막한 빌딩에 갇혀 몇 시간 앉아 있는 일이란 쉬운 일이 아니었다. 신경은 날카로웠고 조그마한 것에도 예민한 반응을 보였다. 그렇게 몇 시간 긴장해서 글에 몰두했더니 두통이 왔다.

내 마음을 다 안다는 듯 그는 눈을 찡긋했다. 이런저런 것에 연결되어 강산이 변할 정도로 세월은 흘렀지만, 적당한 거리를 언제나 유지했던 사람이다. 자기 일에 최선을 다하는 모습이 좋아 응원을 보냈고 그도 나를 같은 생각으로 대하는 듯했다. 가끔 만나도 전혀 어색하지 않았고, 공통관심사를 가지고 몇 시간씩 목소리를 높여가며 토론하기도 했던 사람이다. 마침 그도 나와 같이 일했으니 답답했던 모양이다.

대충 일을 마무리하고 밖으로 나왔다. 사람도 단풍이 드는가. 갑자기 붉은 세월이 보이는 곳으로 가고 싶었다. 서쪽 빌딩숲 위로 희미해진 금빛 햇살이 산빛을 보러 가라며 내게 재촉하듯 느껴졌다. 붉은 산이 보고 싶었다. 노랗게 물든 나무도 그리웠다. 바람이 깎아 만든 비탈길을 걷고 싶었다. 억새가 우는 소리도 듣고 싶었다.

목적지 없이 무작정 산으로 향했던 우리는 묘적암이라는 암자의 표지판을 보았다. 화살표를 따라 차를 운전했다. 오솔길로 이어졌다. 가파른 산길은 좁아 마주 오는 차라도 있으면 낭패를 당할 판이었다. 산길은 험했지만, 마음은 왠지 설레기 시작했다. 손바닥을 세워 둔 듯 위태로운 외길을 그저 오를 뿐 되돌아갈 순 없었다.

짚으로 허리를 두른 배추들이 심겨진 텃밭이 보였다. 그

너머 어색한 모습의 암자가 들어앉아 있었다. 암자는 지어진 지 오래되지 않아 보였다. 자연 속에 현대식 건물이라니 이질감까지 느껴졌다. 방으로 보이는 문 위에 암자 이름이 적혀 있는 현판이 아니었다면 펜션이라고 느껴질 정도였다. 우리는 마당에 차를 세웠다. 산길을 힘겹게 달려온 자동차도 덜덜거리는 소리를 멈췄다. 인기척을 듣고 스님이 암자 문을 열었다. 낯선 방문객에게 스님은 합장을 했다.

찻물을 우려내던 스님이 실제 암자는 몇 십 분 더 올라야 한다고 가르쳐 주었다. 그제야 우리는 그럼 그렇지 하는 표정으로 찻잔을 손에 들고 목을 축였다. 전기도 들어오지 않는 산속에서 겨울을 나기란 힘들 것이다. 하여 이른 가을부터 문명의 혜택에 의지하여 생활한다고 했다. 혼자 생활하던 조용하고 쓸쓸한 산속에 우리의 등장이 반가웠는지 스님은 연신 찻물을 우려냈다.

산속에서 시간은 더 빨리 흘렀다. 내친 길이니 암자까지 오르기로 했다. 차로 오를 수 없는 길이라 걸어서 갔다. 해가 넘어가고 있으니 금방 어두워져 길이 가파르고 힘들어질 테니 조심해서 다녀오라며 스님은 걱정스러운 표정을 지었다. 우리는 산에서 길을 잃어도 그 또한 해봄직한 일이라며 큰소리를 쳤다.

171

길은 숲에 숨어 있었다. 단풍나무 숲은 한고비를 넘어야 길을 보여주었다. 서로 숨소리를 들으며 자박자박 걸었다. 햇살은 기운을 잃었고 어둠이 잦아들었다. 어둠과 함께 내 속에도 누군가 들어오고 있는 느낌이었다. 생각은 점점 깊어졌지만 가벼운 말들만 입 밖으로 나왔다. 산이 깊어질수록 코끝은 매웠다.

　　암자는 진한 단풍으로 더 고즈넉했다. 촛불을 하나 켜 놓고 툇마루에 나란히 걸터앉았다. 흙담 옆에는 장작이 가지런히 쌓여 있고, 대나무를 꺾어 연결해 놓은 샘물에는 단풍이 몇 떨어져 흔들리고 있었다. 눈에 보이는 작은 마당 끝은 절벽이었다. 완전히 고립되어 세상에 그와 나, 둘만 있는 듯 고요했다. 입을 열 수가 없었다. 말이 되어 나오는 순간 감정은 돌이킬 수 없을 것 같았다.

　　감정은 쉽게 변하는 모양이다. 서늘한 가을바람과 어스름한 저녁 단풍에 물색없이 마음이 흔들렸다. 어쩌면 사랑은 예상치 못한 순간에 생겨나는 감정이 아닐까 싶었다. 그래서 '내 님의 사랑은 철따라 흘러간다.'라고 노래하지 않는가. 깊어지는 눈빛을 들킬까 싶어 일어나 마당으로 내려왔다.

첩첩산중이었다. 단풍으로 옷을 입은 산은 초저녁 어둠에 젖어 들고 있었다. 만약 어둠 속에 발이 묶인다면 어쩔 수 없는 운명으로 엮이고 말 것 같았다. 서둘러 내려가야 할 시간이었다. 살아온 세월은 감성보다 이성을 더 강하게 나를 키웠다. 올랐던 길 그대로 내려왔다. 어둠이 내려앉은 산길은 우리의 침묵으로 더 거칠고 무거웠다.

잰걸음으로 산길을 내려와 생각해 보니 조금 전 일이 아득한 옛 기억으로 느껴졌다.

구절초

몇 년 전, 구절초가 피던 계절에 한국에 갈 일이 있었다. 사정이 있어 언니 집에서 몇 개월 지내야 하는 처지였다. 언니는 오랜만에 만난 동생이 넓은 안방에 묵기를 원했다. 방에 들어가 짐을 풀려고 보니 벽에 형부 사진이 여기저기 걸려 있었다. 사진은 하나같이 웃는 듯 보였지만 환한 표정이 아니었다. 마주 쳐다보기 쉽지 않은 오히려 외면해 버리고 싶은 사진이었다. 빨리 떼어 버리라고 말하고 싶었지만 겨우 참았다. 대신 작은 방에다 짐을 풀었다.

형부는 캄보디아에서 선교사로 일했다. 언니는 혼자 한국에 남아서 시어머니를 모셨고 자식들 뒷바라지를 했다. 언니를 고생시킨다는 생각 때문에 형부에게 별로 살갑게 굴지 않았다. 산골 가난한 집 큰딸로 태어난 탓에 자라면서도 남들보다 지난한 삶을 살았는데, 혼자 아등바등하는 것이 못마땅했다.

그러나 언니는 전혀 불평하지 않았다. 원망하지도 않았다. 그저 묵묵히 삶의 터전에서 열심히 일했고 쉬지 않고 기도할 뿐이었다. 형부는 몇 년에 한 번씩 집에 다녀갔지만, 언니는 무심한 듯 감정에 별다른 변화가 없었다. 밤낮없이 일했고 모은 돈을 선교비로 형부에게 보냈다.

　　나는 이해할 수 없었다. 생각하면 기가 막혔다. 아무리 신앙으로 하는 일이라지만 넉넉한 형편도 아닌데 언니가 하는 고생을 생각하니 속이 상했다. 하나님이 원망스럽기까지 했다. 저렇게 고생하면서 번 돈을 선교비로 써야 할까 싶었다. 어쩌면 그런 생각은 나같이 평범한 사람은 당연할지도 모를 일이다.

　　청천벽력 같은 소식은 뜨거운 태양이 내리쬐던 칠월, 시끄러운 전화벨로 시작되었다. 사망원인은 교통사고였다. 믿기 어려운 일이었지만 소식을 듣고 캄보디아로 떠난 언니는 화사한 꽃 그림이 그려진 유골함을 안고 칠월 태양보다 뜨거운 눈물 흘리며 돌아왔다. 그동안 어깨를 짓누르고 있던 삶이 한꺼번에 허물어지는 것처럼 언니는 주저앉았다.

그사이 구절초도 몇 번 피었다 졌다. 칠월의 태양을 견디고 핀 구절초를 보면서 언니는 어떤 생각을 했을까. 자식들은 언니 품을 다 떠났고 적막하게 혼자 어떻게 살았을까. 작고 어두운 아파트에서 여기저기 형부 사진을 걸어놓고 혼자 어떻게 견디고 있을까 생각하니 코끝이 아렸다.

　언니는 큰방에서, 나는 작은 방에서 몇 개월을 보냈다. 안방에 들어가면 형부가 꼭 지켜보고 있는 것 같이 느껴졌다. 그러나 언니는 벽에 사진이 걸려 있는지 없는지 신경을 쓰지 않았다. 같이 밥을 먹을 때나 잠시 차를 마실 때 형부 이야기를 했지만, 사진은 쳐다보지 않았다. 나는 바쁘다는 핑계로 이곳저곳 다니면서 집을 많이 비웠다. 집에 들어오면 바로 작은 방문을 닫았다.

모처럼 한가한 날이라, 언니랑 둘이 구절초 축제에 다녀왔다. 안개가 자욱한 구절초 꽃길을 걸으며 그리움이 가득한 표정으로 형부와 있었던 이런저런 이야기를 했다. 그동안 시큰둥하게 듣던 동생이 그날은 호기심을 갖고 반응을 보이니까 언니의 표정에 생기가 돌았다. 굽이진 소나무 숲에 핀 구절초들도 향기를 품어냈다.

내 눈에 비친 언니의 결혼생활은 언제나 지치고 힘들어 보였다. 늘 허덕이는 듯했고 애틋한 사랑과는 거리가 멀어 보였다. 그런데 언니는 형부와 좋은 기억만 이야기했다. 집에 들어올 때 언니가 좋아하는 음식을 자주 사왔다거나, 몇 년 뒤에는 같이 여행이나 다니자며 행복한 노후를 약속했다는 것, 언제나 언니가 고생하는 것을 마음 아파했다는……

이야기를 듣는 나도 형부 생각에 가슴이 먹먹해졌다. 때마침 음악이 흘러나왔다. 나카무라 유리코의 아주 오랜 사랑의 신화인 'Long Long ago'를 누군가가 피아노로 연주를 하고 있었다. 언니 이야기와 감미로운 서정 음악까지 들으니 형부가 그리워졌다. 큰 눈과 흰 피부, 찬송가를 정말 은혜롭게 부르던 목소리가 들리는 듯했다. 그날 집으로 돌아와, 내가 형부를 그리워한다는 생각에 언니는 용기를 얻었는지 서랍을 열고 편지를 꺼냈다. 선교사로 있는 동안 언니에게 보낸 다섯 통의 편지였다.

편지는 한결같이 '사랑하는 아내에게'로 시작되었다. 선교하면서 있었던 일과 사람들 그리고 그곳에 날씨와 함께 사랑하는 사람과 함께 하지 못하는 애절한 마음이 담겨있었다. 한 통에 서너 장 들어있는 다섯 통의 편지는 같은 문장으로 시작했듯 같은 문장으로 끝을 맺었다.

"하나님의 일을 하는 지금 이 시간은 빨리 지나가 버리고 당신과 함께하는 그 시간은 길게 길게 이어졌으면 좋겠소."

　　나는 마지막 문장에서 형부의 간절한 바람이 느껴졌다. 형부가 언니와 얼마나 함께하고 싶었는지 절실한 바람이 한 문장으로 전해졌다. 그 사랑을 믿었으니 언니도 팍팍한 삶을 견뎠으리라. 어쩌면 삶이 팍팍했으리란 것은 내 착각일지도 모를 일이다. 벽에 걸린 사진을 떼버리라는 말은 필요가 없을 것 같았다. 몇 개월 그렇게 언니랑 지내다 미국으로 돌아왔다.

　　다시 구절초 피는 계절이다. 언니는 지금도 형부와 한 약속을 생각하며 편지를 꺼내 보고 있을 것 같아 가슴에 서늘한 바람이 인다.

우기雨期, 그때 그 사람

질척거리며 내리던 비가 개었다. 구름 사이 간간이 햇볕이 나왔다. 볕은 마을을 둘러싼 숲속 나무와 풀과 만나 안부를 묻듯 따뜻한 표정으로 앉았다. 그리고 소리 없이 걸어와 마당에 있는 팬지 꽃 위에도 내려앉았다. 햇살을 따라 나도 옮겨 다녔다. 내 몸은 움직이지 않았지만, 눈길이 그랬고, 머릿속 생각이, 가슴에 붙어있던 절망이 같이 움직였다. 성에가 끼어 있는 창문처럼 옛사람에 대한 미련이 자꾸만 뿌옇게 나를 데리고 다녔다. 비바람과 함께 내 주위를 맴돌고 있던 기억들을 떨쳐 버려야 했다. 비 갠 사이, 결코 정물처럼 집에 있을 수 없었다.

거리는 433야드다. 가야 할 길이 멀다. 제일 힘에 겨운 코스다. 페어웨이에는 군데군데 물이 고여 있고 벙커 속 모래는 아예 물에 잠겼다. 시작하지 말아야 했을까. 그러나 젖은 신발 끈을 다시 고쳐 맨 뒤 바라다본 푸른 하늘이, 싱싱하면서 강직해 보이는 소나무들이, 내 속에 있는 갈등을 말끔히 씻어버린다. 지루하게 내린 비가 언제 또다시 찾아와 내릴지도 모를 일이다. 그렇다면 지금이 기회다. 지나가 버리면 후회할 순간이다. 망설이지 않는다. 그와 함께 움을 틔우고 싹을 키워 피운 꽃은 시든지 오래다. 기억이라는 벽에 작은 흔적으로 남아 있다가 감정의 기복이 출렁이는 우기에 한 번씩 찾아오는 그 사람을 날려 보내야 한다. 보이지 않는 섬을 향하여 드라이브 클럽을 휘둘렀다.

비는 한 달 가까이 내렸다. 연사흘 지루할 정도로 조용히 내리기도 했고 하루걸러 하루씩 바람을 타고 오기도 했다. 때로는 번개와 천둥을 먼저 보냈고, 또 다른 날은 사물을 분간하지 못할 정도의 폭우가 내렸다. 간혹 비는 그쳤지만, 고요 속에서 나는 이유 없이 불행했다. 비를 따라 내 마음도 흔들렸다. 평상심을 잃고 절망했다. 외롭고 고독했다. 주검처럼 무거운 침묵만 지키고 있었다. 길지 않은 시간에 다시 비는 내렸고 나는 더 절망했다. 장대 같은 비는 시멘트 바닥에 떨어지자마자 거꾸로 올라가다 이내 힘을 잃었다. 오르던 것에 실패한 것들끼리 모여 무리를 만들어 낮은 곳으로 고였다.

비 오는 사이에 투명한 눈을 가진 한 사람이 집요하게 떠올랐다. 쑥스러운 듯 작은 웃음이, 조심스레 내밀던 부드러운 손길이 그리웠다. 말간 얼굴의 그 사람 앞에서 나는 자주 울었다. 비가 와서 울었다. 비를 핑계로 울었다. 내게 주어진 삶이 너무 길다고 꺼이꺼이 흐느꼈다. 주변에 모든 사물과 시간은 침묵했다. 사물은 사물답게 움직이지 않았고 시간은 소리가 없었다. 나는 비를 끌어안고 울었다. 비도 나를 핑계로 울었다. 하지만 그는 동요하지 않았다. 하나의 사물로 나를 지켰다. 시간으로 나를 감싸 안았다. 비가 오는 섬에서 나는 그가 제일 아쉬웠다. 사무치게 그리워도 갈 곳이 없다. 감당해야 하는 외로움에 두렵다. 쏟아지는 비를 맞으며 길을 잃고 헤매는 내 모습이 어딘가 있을 것 같았다.

　　드라이버 헤드를 맞고 날아간 공은 안전하게 페어웨이 위에 떨어졌다. 길고 먼 길이기에 카트를 타고 공을 따라 달렸다. 순간 착오를 깨달았다. 카트를 타지 않고 걸어야 했다. 잔디 위에는 물이 질퍽했다. 페어웨이로는 카트를 타지 않겠다는 약속을 떠올렸다. 클럽하우스에서 직원은 카트기 키를 건네주면서 포장되어 있는 길로만 타야 한다고 몇 번이나 확인을 시켰다. 길에 카트를 세워두고 공이 있는 페어웨이로 걸어 들어갔다. 양쪽 엄지발가락에 힘을 실었다. 오른쪽 발가락은 땅에 꽂을 듯이 왼쪽은 뒤로 밀리지 않고 버티기 위함이다. 두 무릎을 살짝 굽히고 엉덩이를 내밀었다. 굿 샷이다.

한차례 구름이 머리 위로 왔다 갔다. 실비도 잠깐 뿌렸다. 카트기를 탔고 더 많이 걸었다. 공이 있는 곳까지 갔다가 들고 간 클럽을 바꾸러 다시 카트기까지 걸어 나왔다. 길에서 본 거리와 페어웨이에서 본 거리는 달랐다. 착오에 착오가 더해졌다. 그동안의 내 결정이 모두 옳았던 것은 아니다. 경솔했다. 몇 번이나 상황을 설명한 직원이 카트기를 타겠느냐고 재차 물었을 때 내 고집대로 행동했다. 분주하게 오가면서 내 모습이 똑바로 보였다. 그와의 이별도 그랬다. 더 긴 시간 함께하기 위해 인내했던 그의 행동을 나는 견딜 수가 없었다. 순간이 중요했고, 당장 눈앞에서 사랑을 보이기를 원했다. 성숙하지 못한 감정과 이른 타이밍으로 서로는 엇나갔다.

오지 않은 비가 다시 마음에 내렸다. 비를 따라 구름을 타고 그가 내 곁에 와 있는 것 같았다. 오래된 사람이 사물처럼 시간처럼 나를 지켜보는 듯 느꼈다. 내 삶에서 멀리 있는 그 사람이 비와 함께 찾아와 나를 흔들었다. 함께한 인연의 낙조도 이미 오래된 일, 세월의 산허리를 돌고 돌아 아직도 내게 찾아오는 그때 그 사람을 작은 공과 함께 온 힘을 실어 날려 보냈다.

삶은 끊임없는 선택이고 그 선택에 관한 책임을 지는 것이다. 지독한 절망이 서서히 옅어졌다. 마음은 평정을 찾았다. 걷는 만큼 생각이 깊어졌다. 공은 원하는 곳으로, 가야 할 곳으로 날아가다가 안전한 곳에 떨어졌다. 그린에 오른 뒤, 두 번 한 퍼터에서 공은 홀 안으로 빨려 들어갔다. 멀고 힘든 길이었지만 해저드도 벙커도 피했다. 카트기가 안으로 들어갈 수 없어 많이 걷느라 마음이 느긋해졌다.

머리 위에 비를 담지 않은 구름이 다시 몰려왔다.

회상

가끔 생각나는 사람이 있다. 친구처럼 서로 위로해 주었던 사이였다. 서로 의지했고 보이지 않는 믿음이 있었다. 시간이 흘러 우리는 연인이 될 수 없는 운명을 아파했던 시절도 있었다. 서로 감정을 조절해야 했던 시간은 힘들었다. 흔히 말하는 어정쩡한 우정과 연인 사이 같았다.

열정이 있던 시절이었다. 청춘의 젊음도 남아 있었다. 감정은 뜨거웠고 치열했다. 슬픔에 젖은 날도 행복한 날도 뚜렷했던 나날이었다. 가족이라는 울타리는 든든했고 인생의 나이테도 묵직했다. 맹목적이었지만 무모하진 않았다. 우리는 서로 목표를 향해 달려가는 길에서 만났다. 우연이 반복이 되었고 그것은 당연히 인연의 연결고리가 되었다.

미소를 짓는 일이 많아졌다. 대화를 나누면 안락의자처럼 편했다. 시간이 지날수록 서로 잘 알게 되었고, 많은 것을 함께 하였다. 둘만의 독특한 조화가 생겼다. 사람의 마음은 얼마나 간사한지 점점 바라는 것이 많아졌다. 잠깐 비틀거렸고 일탈하고 싶기도 했다. 내가 반려자가 아니라 침입자가 되어 버린 감정을 경험하기도 했다.

가질 수 없는 것에 대한 미련은 상처만 남긴다는 것을 그때 알았다. 뜻하지 않았던 감정은 이성으로 지배할 만큼 이미 나는 영악했다. 무모한 행동을 할 만큼 어리지 않았다. 또한, 내게 더 가까이 오는 것을 원치 않았다. 행동뿐 아니라 감정까지 허락하지 못한다고 했다. 냉정하게 차가운 말을 한 이유는 그가 슬픔에 젖어 속마음을 털어놓았기 때문이었다.

함께한 시간은 짧았다. 인생의 한때를 나누어 준 시간은 삶의 한 모퉁이에서 추억이 되었다. 그 추억이 때로는 친구가 되고 연인이 되었다. 서로 겹칠 수 있는 사랑의 약속 따윈 없었지만 특별한 것을 함께 나눈 것처럼 느껴진다. 나는 내 식으로 감정을 정리하면서 마음대로 추억이라는 재산을 챙겼다.

세월은 많이 흘렀다. 그는 '햇살이 하도 예뻐서 생각났노라, 눈이 옵니다, 하늘에 구름이 눈물겹습니다, 장마가 계속됩니다.' 날씨를 핑계로 소식을 보내왔다. 완전히 잊히는 것을 나도 원하지 않았는지 무심하게 넘기면서도 속으론 반가웠다. 답이 없을 줄 알면서도 보내오는 편지가 상처 입은 한 마리 새처럼 애처로웠다. 그의 감정은 그가 책임져야 할 부분이었다. 더 이상 함께할 수 있는 것은 없었다.

가끔 기억창고 문을 열고 추억을 꺼낸다. 숨 쉬고 있는 사연이 있다는 것이 나는 좋다. 기억 속 일들이 세월이 흘러도 늙지 않는 것도 좋다. 언제든지 꺼내면 그때 그 모습 그대로다. 삶이 아무리 굴곡에 찌들어도 추억은 때 묻지 않는다. 때와 장소에 맞게 떠오르는 것도 마음에 든다. 넘치지 않고 좋은 기억뿐인 그와의 추억은 언제 꺼내도 아련한 그리움이 인다. 꼭 만날 필요가 없는 그리운 감정은 내가 가진 감성 재산이다.

안개비가 며칠 내려 기분이 가라앉을 때 커피를 마시듯 추억을 꺼낸다. 질척한 삶에 힘들어할 때 노래 불러주던 따뜻한 기억 하나가 특별한 마법으로 우울한 구름을 없애준다. 또 내가 어디로 가야 할지 방향을 찾지 못해 혼란스러울 때도 떠올린다. 기억 속에 있는 그는 진짜 내 모습을 알고 나를 응원해 줄 사람이기 때문이다. 든든하게 이어진 다리가 있어 진정으로 나를 걱정해준다는 확신도 있다. 나를 향해 언제나 열려있는 문으로 나는 그저 추억의 손을 내민다. 그때 모습과 감정 그대로다.

　　팍팍한 감정에 조금이라도 위로가 되는 사람이 있다는 것이 얼마나 다행인지 모르겠다. 마음껏 상상하며 어린 미소도 지을 수 있다. 미묘한 감정도 슬쩍 느껴보기도 한다. 감미롭고 달콤하다. 비련의 주인공도 되었다가 한없이 행복한 여인도 되어본다. 내 마음대로 각색할 수도 있다. 딱 그만큼의 추억만 갖고 있기 때문이다. 연인이 되지 못한 사람을 꽃 피는 계절이라는 핑계로 또다시 그리움으로 세월을 읽는다.

응답하라 1984

　　남자 셋이 하얀 국화 한 송이씩을 들고 영전에 올린 뒤 상주들과 절을 했다. 중년의 모습을 한 그들은 고등학교 동창들이다. 장례식장 가까이 사는 친구들이 내가 상을 당했다는 소식을 전해 들었던 모양이다. 뜻밖의 조문이었다. 특별히 친하게 지냈던 것도 아니었고 이성 친구라 낯설기까지 했다. 그런데 세 명 중에 감은 듯 실눈 꼬리에 이어지는 웃음과 작은 키, 세월의 간극이 있었음을 깨닫게 해주는 중년의 모습을 한 친구 한 명은 바로 눈에 들어왔다.

고교 시절, 일명 세븐 스타라는 이름으로 일곱 명의 친구들과 친했다. 수학여행에서 같은 방을 쓴 인연이었던가. 그때부터 우리는 도시락을 같이 먹었고 무리를 지어 다녔다. 남녀공학인 학교였기에 남학생 반에도 우리처럼 일곱이 무리 지어 다니는 팀이 있었다. 그런 공통점으로 우리는 두어 번 어울렸다.

그와 인연이 된 것은 단지 키 때문이다. 남자 쪽과 여자 쪽에 제일 작은 키가 각각 그와 나였고 우리는 무언의 짝이 되었던 것 같다. 그렇지만 말을 섞지는 않았다. 그도 나도 작은 체구의 닮은 아이가 있다는 것이 위안이 되는 정도랄까. 그뿐 아무 일도 없이 몇 달 지났다.

그날은 동네 친구가 우리 집에 와 있었다. 밤늦도록 친구와 이야기를 하고 있는데 밖에서 내 이름을 부르는 남자 소리가 들렸다. 안방에 부모님 자고 있어 듣기라도 했다간 큰일이었다. 친구랑 같이 문을 열고 밖에 나가보니 그 아이였다. 어떻게 내가 사는 집을 알았는지 궁금했지만, 부모님이 깨기 전에 마당에서 그를 끌고 나가는 게 더 급했다.

그 당시 오토바이를 타보는 일은 흔치 않았다. 마당에서 나온 그는 막무가내로 나와 친구를 오토바이에 태웠다. 시골 들길을 달렸다. 밤하늘엔 보름을 며칠 지낸 달이 우리 등을 따라왔다. 불안했지만, 친구와 동행하기에 용기가 났다. 행선지도 모르고 달렸던 그 달밤이 설레었던 것 같다. 봄내음 가득하던 어둔 밤 들녘이, 홀로 서 있던 고목의 밤 그늘이, 논둑에 남아 있던 태우다 만 그을음의 흔적이, 흑백이던 그 달밤의 모든 풍경이 오롯이 되살아난다.

오 년 뒤, 그와 다시 만난 것은 설 다음 날이었다. 서울에서 직장생활을 하다가 명절을 보내러 고향에 와 있었다. 누군가를 배웅하기 위해 신작로에 나갔다가 버스에 태워 보내고 되돌아오던 길이었다. 눈이 녹으면서 길이 질척거렸다. 마른 땅을 찾아 걷고 있는 내 뒤로 승용차가 길을 비키라며 경적을 울렸다.

돌아보지 않고 계속 걷고 있는데 뒤에서 한 번 더 빵빵거려 옆으로 약간 물러서며 뒤를 돌아보았다. 뒤를 돌아보는 순간 느낌이 이상했다. 하얀 승용차가 나를 따라오다가 멈췄다. 창문이 내려지더니 눈 전체가 웃음뿐인 그가 고개를 내밀었다. 그의 모습을 보기도 전에 이상하게 그 아이란 예감이 들었다.

예감이 주는 설렘이랄까. 아쉬움이 남는 스침이었다. 오
년 전 달밤에 헤어진 뒤 단 한 번의 만남도 없었다. 어디서 어떻게 사
는지 소식조차 알려고 하지 않았다. 그런데 이상하게 우연히 만난 일
이 당연하다는 듯 무덤덤했다. 그저 행인들처럼 그는 가던 길을 갔고
나 또한 그대로 집으로 들어왔다.

그는 우리 집을 정확하게 기억했다. 다음 날 다시 찾아온
그와 읍에 있는 다방에 마주 앉았다. 전날 나를 향해 경적을 울리면
서 그도 이상한 느낌이 들더란다. 시골의 눅눅한 다방에 *smokie*의
*Living Next Door to Alice*가 흘러나왔고 창밖에는 눈이 다시 내
렸다. 그가 뱉어내던 담배 연기가 집으로 돌아오던 내내 따라왔다.

다시 오륙 년쯤 뒤, 대구에 볼일이 있어 터미널 공중전화 박스에 들어가 전화를 하고 나왔다. 내 앞에 하얀 승용차가 지나가더니 섰다. 익숙한 예감이 들었다. 눈에 익은 차 같았다. 서 있는 차를 향해 다가가 안에 탄 사람을 살펴보니 역시 그였다. 내가 유리창을 두드렸더니 잠시 쳐다보고는 바로 핸들에 양팔을 감고 얼굴을 묻었다. 한참 동안 얼굴을 들지 않아 혼자 서 있기 어색해서 한 번 더 두들겼다.

　　문을 열고 나온 그는 주저앉았다. 이상하게 아침에 내가 갑자기 생각이 나더란다. 그리고 회사 직원에게 전해 줄 물건이 있어 터미널에 나온 길이란다. 여러 번 반복되는 우연에 태연한 나와는 다르게 그는 놀라며 스스로 당혹스러워했다. 포장마차에 나란히 앉아 후루룩 소리를 내며 국수를 먹었다. 혹시라도 남아 있을 불씨까지 국물과 함께 마셨다. 그날 낯선 도시의 거리에는 무기력한 불빛이 순하게 엎드려 있었다.

"사위들 키가 다 작다는 말은 정말 듣기 싫다. 너는 키가
큰 남자와 결혼해야 한다."

결혼 전에 어머니가 내게 하던 말이다. 그 소리를 유행
하는 노래처럼 들으며 생활했다. 내 위로 언니 넷이 결혼을 했는데
형부들이 다 키가 작은 편이었다. 그러니 이웃 사람들이 입을 대는
모양이었다. 마지막으로 남은 내가 키 큰 사람을 만나 결혼해야 하
는 일은 어머니의 바람을 들어주는 최선의 노력이 되는 셈이었다.

조문을 마친 그들이 식사하기 위해 자리를 옮겼다. 나도
그들에게로 향했다. 우리 일행이 궁금했는지 다른 조문객들과 함께
있던 남편이 큰 키를 더 늘려 성큼성큼 다가왔다.

매운탕

언니들과 함께 부모님 묘에 갔다가 시골집도 돌아보고 하느라 이틀째 집을 비우고 있었다. 남편이 아침부터 언제 오느냐며 올 때 맛있는 것 챙겨오라고 전화를 몇 번이나 했다. 나이가 들더니 집에 혼자 있는 것을 싫어하고 먹는 것에 목숨 거는 것이 점점 어린애가 되어 가는 것 같았다.

나는 오랜만에 친정 식구들을 만나 시간 가는 줄 몰랐다. 언니는 동생을 위해 뭐라도 해서 먹이려고 분주했다. 자매들의 수다는 끝이 없었고 헤어지기엔 이틀이 너무 짧았다. 돌아오기 전 언니는 점심을 어릴 때 추억이 있는 매운탕을 먹자고 했다. 옛맛 그대로 하는 집을 알고 있다며 우리도 좋아할 것이라고 확신했다.

우리 형제들에게는 매운탕에 대한 추억이 있다. 고향 마을 앞에는 반변천이라는 강이 있었다. 어릴 때는 그곳이 빨래터이자 놀이터였다. 빨래를 하며 사발 무지로 고기를 잡았고, 멱을 감으며 다슬기도 잡았다. 겨울에도 마찬가지였다. 얼음 밑으로 움직이는 물고기가 보이면 돌을 내려쳐, 소리에 기절한 물고기를 잡았다.

언니 친구들, 오빠 친구들, 우리 친구들, 끼리끼리 몇 팀이 여기저기 둘러앉았다. 그리고 돌을 쌓아 솥을 걸었다. 물이 끓으면 잡은 물고기를 넣고 주위 밭에 있는 대파나 고추 깻잎들을 뜯어와 집에서 가져온 양념들을 넣는다. 그리고 마지막에 라면과 스프를 넣었다. 그렇게 먹었던 매운탕은 추억의 맛이라는 양념이 더해 기억에 남아 있었다.

우리가 찾아간 식당 문에는 '거랑 애'라 쓰여 있었다. 상호 때문인지 어린 시절 강변으로 걸어가는 듯 느껴졌다. 여기저기 둘러 앉아 땀을 흘리며 매운탕을 먹는 사람들이 많았다. 우리도 잡고기 매운탕을 시켜놓고 빈자리를 찾아 앉았다. 벽을 둘러보니 익숙한 물고기 그림이 보였다. '뚜구리'라 불렀던 동사리나 쏘가리, 꺽지 이런 물고기를 보니 갑자기 입맛이 돌았다. 예전에 강에서 끓어 먹던 매운탕의 주재료였다.

　　자고로 매운탕은 매워야 제 맛이라며 최고로 매운맛을 주문했다. 넓은 뚝배기에 담겨 나온 탕에 물고기가 제법 들어있었다. 물고기들의 제 맛을 알기에 나는 함성을 질렀다. 이런 고기를 언제 먹어봤나 싶었다. 처음 언니가 옛맛이라 했지만 사실 크게 기대하지 않았다. 우리가 기억하는 맛은 쉽게 낼 수 없기 때문이었다. 그런데 정말 그 맛에 가까웠다. 각기 친구들과 먹던 추억을 떠올리며 맛있게 먹었다.

　　오랜만에 마음에 드는 음식을 먹다 보니 남편이 생각났다. 아침에 전화로 맛있는 것 가져오라던 말도 떠올랐다. 이 맛있는 것을 남편에게도 먹게 해주고 싶었다. 매운탕을 별로 좋아하지 않다는 것을 알긴 했지만, 이 매운탕은 다를 것 같았다. 술을 좋아하는 남편과 같이 소주도 한잔하면 좋을 것 같다는 생각이 들었다. 이틀씩이나 떨어져 있었으니 한잔하며 분위기도 잡아야지 싶었다.

마침 포장도 된다니 잘 되었다 싶어 2인분을 포장해 달라고 했다.

　　"집에 가서 국물을 먼저 냄비에 넣고 끓으면 따로 포장해 놓은 채소와 땡초 그리고 마늘을 넣으소."

　　식당 주인이 말했다. 그것이 문제였다. 집으로 돌아오는 데 승용차 안에 마늘 냄새가 났다. 돌아오는 길이 세 시간 가까이 되어 냄새 때문에 머리가 아팠지만, 창문을 열었다 닫았다 하며 운전을 했다. 남편이 맛있게 먹는 모습을 생각하니 그런 것은 참을 만했다.

현관문을 열고 들어갔다. 남편은 텔레비전을 보고 있다가 고개를 슬쩍 돌려 "왔네." 했다. 그러고는 바로 다시 텔레비전을 봤다. 조금 뻘쭘했지만 애써 무시하고 "내가 뭐 사 온 줄 압니꺼? 정말 맛있는 매운탕 사 왔습니더." 하면서 의기양양하게 들고 온 것을 식탁 위에 올려놓았다.

"이거 진짜 옛날 먹던……." 말이 끝나기도 전에 남편이 *"이게 뭔 냄새고?"* 소리쳤다.

"안 먹는다! 안 먹는 줄 알면서!"

남편은 소리를 버럭 지르더니 베란다 문을 활짝 열어젖혔다. 베란다 문 여는 것으로 모자라는지 부엌으로 가서 싱크대 위에 있는 작은 창문까지도 열었다. 그런 뒤 소파에 앉더니 코를 막고는 눈알을 위아래로 굴리고 있는 모습이 그야말로 가관이었다. 그런 남편에게 부아가 치밀었다. '자기 생각해 냄새나는 걸 참아가며 가져왔더니 안 먹으면 그만이지. 저런 남자를 생각한답시고 사 온 내가 미쳤지'라며 속으로 구시렁댔다. 분위기 좋게 한잔할 생각까지 했으니 떡 줄 놈은 생각지 않는데 말이다.

몇 십 년 같이 살았지만 맘 상하게 하는 행동이 한두 번이던가. 때로는 남보다 못하다는 생각도 했다. 추억에 빠져 내가 맛있다고 남편에게까지 강요할 수는 없는 일 아닌가. 어쩌겠는가. 모든 것은 내가 선택한 일이니. 그동안 더 한 일도 참고 살았는데 대수로운 일도 아니었다. 매운탕을 싱크대에 확 부어 버리고 싶은 마음을 애써 눌렀다. 냄비에 매운탕을 담았다. 마늘은 냄새나지 않게 비닐에 넣고 꽁꽁 싸맸다. 수돗물을 틀어놓고 이틀 동안 쌓아놓은 설거지를 했다. 부글부글 끓는 화를 누르느라 그릇을 닦는 손에 힘만 자꾸 들어갔다.

나팔꽃

　　나팔꽃 한 송이가 담긴 사진이 휴대전화로 전송되었다. 찍힌 꽃을 보는 순간 눈이 축축해졌다. 그리움이 태풍처럼 밀려왔기 때문이다. 꽃을 다시 보았다. 무슨 말을 할 듯 꽃도 나를 쳐다보고 있었다. 그동안 숱하게 본 나팔꽃이 새삼스럽게 느껴졌다. 그리움은 많은 사람을 불러왔다. 그중, 친구 옥이에게 멈췄다.

우리 삶도 여름이던 때다. 옥이는 나팔꽃을 닮았다. 새벽에 피었다가 해가 떠오르면 꽃잎을 모으는 꽃처럼 그 아이 미소는 늘 수줍었다. 이름이 옥이어서 그런지 구슬처럼 맑은 아이였다. 여름에 피지만 정작 뜨거운 태양 앞에선 고개를 숙이고 마는 슬픈 나팔꽃과 같이, 삶도 닮아 뜨거운 가슴앓이를 했던 아이다. 나팔꽃 속에서 그 친구가 희미하게 걸어 나왔다.

옥이는 가정이 있는 남자를 사랑했다. 결혼한 사실을 모르고 시작한 사랑은 시간의 흐름만큼 깊어졌다. 점점 그에게 길들여졌고 당연히 꽃을 피우길 원했다. 남자가 결혼했다는 걸 알았을 때 절망했지만, 사랑을 멈추지 못했다. 그러나 양이 꽃을 먹듯 시간은 그 남자의 사랑을 삼켜버렸다. 남자는 처음 자신이 있던 곳으로 돌아갔다. 옥이는 독한 바이러스에 감염되어 뜨거운 여름에도 이불을 몇 겹이나 뒤집어쓰고 밖으로 나오지 못했다. 몸은 점점 얇아졌고 눈은 깊어졌다.

나팔꽃 꽃말이 '덧없는 사랑'이라 한다. 변하지 않는 것이 어디 있을까. 사랑도 흘러가고 흘러가는 것은 변하는 것이다. 옥이가 한 사랑도 덧없는 사랑일 뿐이다. 젊고 뜨거웠던 그때 그 아이의 삶은 송두리째 흔들렸다. 모든 것을 포기한 것처럼 선을 보기 시작하더니 얼마 지나지 않아 결혼한다는 소식을 전했다.

　　무심한 시간이 흘렀다. 그사이 나도 나만의 별에 꽃을 키우며 소중한 시간을 소비했다. 주위에 사람들에게 길들어지기도 했고 길들이기도 했다. 어쭙잖은 낭만을 즐기며 우울한 자신을 만나기도 했다. 삶에 헛헛함을 알게 될 무렵 옥이가 만나자고 했다.

옥이가 결혼한 후 처음 만남이었다. 아들이 벌써 세 살
이었다. 오랜만에 만난 반가움은 오래가지 않았다. 떠나간 연인을
잊기 위해 한 결혼생활이 행복하지 않았던 모양이다. 남편이 다른
여자를 만나는 것 같단다. 아물지 않은 상처가 덧나서 곪은 격이었
다. 눈물도 말라 버렸는지 울지도 않았다. 자신이 했던 과거 행동
이 부메랑이 되어 돌아왔다며 담담하게 말하는 그 표정이 오히려
처연하게 느껴졌다.

가짜로 시작한 사랑은 결국 삶의 덧없음만 깨닫게 해주었다고 한다. 과거 자신이 믿었던 사랑도 지나고 보니 뜨거운 태양이 떠오르면 사라져 버리는 어둠 같은 것이었다며 식은 커피를 삼켰다. 나는 감히 위로의 말 한마디 하지 못하고 커피잔을 두 손으로 감싸고 있었다. 친구가 또 다른 삶의 고비를 넘고 있는 것 같았다. 몇 개월 뒤 옥이는 다른 도시로 이사를 가버렸다. 옛 남자가 가정을 지켰듯 옥이 남편도 다시 제자리를 찾은 모양이다.

　　내게 전달된 꽃 사진 밑에 '나팔꽃 인사'라는 문자가 다시 도착했다. 나팔꽃 다른 꽃말은 그리움이라는데 내가 그리웠던 것일까. 아니면 덧없는 사랑이었던 어떤 인연이 생각나서 보낸걸까. 어떤 이유였던 사진 속 나팔꽃은 이제 내 것이 되었다. 내 그리움이 되었다는 뜻이다.

　나는 그동안 억누르고 있던 그리움을 그 사진 위에 다 꺼내 놓았다. 이국에서 생활한 시간의 이면에 쌓여가던 외로움 속에 그립고 그리운 모든 기억이 사진 속에서 꿈틀댄다. 부모님, 친구, 그리고 수줍게 품었던 짧은 인연들까지 나팔꽃 한 송이가 다 불러냈다. 때로는 남의 슬픔에 내 서러움을 토해낸다더니, 뜨거운 태양을 바라보며 화려하게 피워보지 못하고 시들어 버린 친구 사랑을 핑계로 내 그리움을 떠올린 것이다.

　해가 뜨면 수줍어 꽃잎을 모아버리는 나팔꽃, 태양을 너무나 사랑하여 가슴앓이 하다가 다시 피지도 못하고 시들어 버리는 슬픈 여름 꽃이다. 나는 나팔꽃 한 송이를 오래오래 보았다. 지난날 내게도 분명 그런 사랑이 있었던 것처럼.

봄날의 오수

제대로 바람이 나볼 참이었다. 견딜 수가 없었다. 개나리가 입을 활짝 열며 얼른 나가보라고 재잘거렸고 봄바람도 도와주겠노라 설렁설렁 흔들었다. 새싹들도 팝콘을 튀기듯 톡톡 옆구리를 찔렀다. '아직도 늦지 않았어. 환장할 만큼 좋은 이 계절을 그냥 보내는 게 말이나 돼! 그렇게 메마른 감정으로 재미없게 살지 말고 다시 한 번 열정을 심어봐!' 차가웠던 대지에 따뜻한 물이 올라 여기저기 쑥덕거렸다.

며칠 전 쇼핑도 해뒀다. 분위기 있는 트렌치코트를 제일 우선으로 구입했고, 세련되어 보이는 블라우스도 하나 장만했다. 자꾸만 처지는 얼굴이야 세월의 흔적이니 어쩔 수 없다. 주름이 커버 되는 웃음을 찾기 위해 거울을 보며 연습도 몇 번 했다. 예전에 무작정 찾아온 사랑이야 청춘의 열정으로 허락되었으나 지금은 다르다. 그에 맞는 분위기도 연출해야겠다 싶었다.

마침 옛사람이 봄비 내린다며 연락을 해왔다. 마지막 줄에 적힌 '보고 싶다'는 문구에 눈이 콕 박혔다. 나도 보고 싶은지는 모르겠지만 다음 날도 비가 오면 만나서 밥이라도 먹을까 하는 생각이 들었다. 그렇게 생각하고 나니 이 계절에 감정 이탈을 한번 해볼까 하는 생각까지 하게 되었다. 촉촉하게 봄비 내리는 길을 드라이브하다 보면 마른 감정도 생명을 얻지 않을까 싶었다.

　　사랑이라는 감정은 심장 귀퉁이에서 세월과 같이 늙고 있는지 도통 뛰지를 않았다. 그놈이 멈춘 뒤에는 어떤 사람을 만나도 적당한 거리와 위치가 저절로 정해져 생활에 긴장이라곤 없다. 사실 그렇게 사는 것이 바람직한 일이겠지만 때로는 자기만의 비밀이 있었으면 할 때가 있다. 내게 그때가 바로 이렇게 아찔한 봄날이다.

　　정원에 핀 매화는 거의 낙화했고 벚나무는 터지기 전 간지러워 죽겠다는 표정이었다. 각인된 세포들이 꿈틀거렸다. 핑계를 대어 심장을 뛰게 하고 싶었다. 아니, 저 혼자 뛰는 것에 이유를 만들어 주고 싶었다. 이렇게 황홀한 봄날 어쩌란 말인가. 봄볕에 뛰지 않는 심장이 어디 있겠는가. 봄꽃이 햇살의 유혹에 못 이겨 몸을 피우듯 나도 누군가로 인해 열병을 앓고 싶었다. 그래야 봄을 견딜 수 있을 것 같았다.

다음 날 비는 오지 않았다. 오히려 햇살이 창문으로 쏟아져 들어왔다. 현관문을 나서던 남편은 저녁 약속이 있어 늦을 것 같다며 미안해했다. 나도 모르게 안심이 되었다. 얼굴에는 야릇한 미소까지 퍼졌다. 태연하게 너무 늦지 말고 술 많이 먹지 말고 하는 잔소리까지 해댔다. 살아온 연륜만큼 연기도 자연스러웠다. 현관문이 닫히고 나는 전화기를 열었다. '같이 저녁 먹읍시다.'라고 짧게 답을 했다. 하루가 지난 다음 날이었다.

거울 앞에 앉았다. 분장하는 수준으로 화장품을 발랐다. 손목과 귀 뒤에 샤넬 향수를 살짝 뿌렸다. 주름진 목은 봄빛 나는 스카프로 감추고 트렌치코트를 걸쳤다. 다시 거울 앞에 서서 비춰보니 내 재주로는 더 꾸밀 수 없겠다 싶다. 머릿속은 드라마 속 주인공인데 거울 속에는 현실의 내가 추레하게 서 있었다. 그러나 다행인지 내 눈

에는 현실에 나는 보이지 않고 주인공의 모습만 보였다.

봄바람이 좋았다. 바람에 코트 자락을 날리며 약속장소에 서 있었다. 비상깜빡이를 켜고 내 앞에 승용차가 섰다. 그가 스르륵 창문을 열고 환하게 웃었다. 아득한 기억 속에 한철 아파했던 기억이 있다. 타오르지 못한 불꽃은 재가 되지 못하고 시커먼 숯으로 남아 그 기억은 두고두고 아쉬웠다.

숨어 있던 감정은 빠르게 나를 몰아쳤다. 심장은 찌릿했고 통증까지 느껴졌다. 미소 하나 숨소리 하나가 나를 자극했다. 금기의 감정은 더 애틋했던지 나는 이미 이탈이 아니라 삼탈까지도 감수할 수 있을 것 같았다. 세상의 모든 비난의 화살쯤 두렵지 않았다. 아니 어떤 생각도 할 수 없었다. 둘만이 존재하는 세상에서 나는 그에게 그는 나에게 취해 달콤한 금기의 통증을 느끼고 있었다.

229

눈이 떠졌다. 지인이 어떤 단체장이 되었다며 초대한 곳에서 과한 점심을 먹은 뒤였다. 집으로 돌아오는 길에 개나리가 노랗게 입을 열고 축 늘어져 있었다. 환장할 것 같은 바람은 내 몸을 살랑거리며 터치했고 눈 부신 햇살까지 더해 봄날에 취했던 모양이었다. 갑갑한 옷을 벗어 던지고 나른한 몸으로 소파에 누웠는데 그 사이 잠이 든 모양이다. 내가 꿈을 꾼 건지 꿈속에 눈을 뜬 건지, 꿈속에서 아니, 봄 속에서 쉽게 빠져나오지 못했다.

손전화기를 열고 '급한 일이 생겼네요. 밥은 다음에 먹어요.'라고 문자를 쓴 뒤 보내기 버튼을 눌렀다. 일탈을 원했던 발칙한 봄바람은 한낮 꿈속에서나 가능한 모양이다. 봄내 나는 비밀을 간직하고 살기엔 물오른 계절이 너무 짧았다.

풋사랑

스물 한두 살이었을 때쯤 여름이었다. 친구들과 도봉산에 올랐다. 계곡에 자리를 깔아놓고 수박을 잘라 먹고 있었다. 그때 옆에 있던 남자 몇이 우리에게 와서 자연스럽게 합석하게 되었다. 청춘이 준 용기 때문이었을까, 신록이 주는 편안함 때문이었을까, 마음의 경계를 풀고 어떻게 같이 어울리게 되었는지 기억이 나지 않는다.

이런저런 게임을 하면서 한나절 보냈다. 산에서 내려오는 길에 그중 한 남자가 내게 며칠 뒤에 다시 만나자고 했다. 나도 싫지 않아 그러자 했다. 그 뒤 가끔 만나 데이트를 하게 되었다. 음악다방에서 원하는 곡을 신청해 듣기도 했고 영화도 함께 봤다. 그렇지만 나는 손을 잡는다거나 팔을 낀다거나 하는 것을 허락하지 않았다. 언제나 일정한 거리를 유지하며 걸었고 틈을 보이지 않았다.

사랑하는 마음이 생기면 손을 잡는다거나 키스를 하고 싶어 하는 것은 어쩌면 자연스러운 일일 것이다. 그렇지만 나는 혼전순결에 대한 교육을 철저히 받았다. 결혼 전에 남녀가 하는 신체 접촉은 모두 죄라고 생각할 정도였다. 지금 생각하면 웃음만 나오지만, 그때는 굉장히 중요한 일이고 심각한 문제였다.

중고등학교 때 교회에서 학생부 활동을 하던 때였다. 그때 교육을 담당했던 전도사님이 있었다. 성경 공부를 할 때 관음하지 말라는 내용에 대해 설교를 했다. 관음이란 육체뿐 아니라 상상하거나 생각하는 것도 큰 죄라는 내용이었다. 관음이란 곧 결혼하지 않은 남녀의 성행위를 말하는 것이었고, 이성에 대한 성행위를 상상하는 것도 죄라고 했으니 실제로 손만 잡아도 엄청난 죄를 짓는 것으로 판단했다. 어린 나이에 그 설교는 내 삶의 철학처럼 뇌리에 박혔다.

그런 심오한 종교 철학이 마음에 있으니 사랑하는 사람과의 데이트가 늘 불안했다. 아무것도 몰랐던 상대방은 자꾸 나를 시험에 들게 했다. 핑계를 대는 것도 한두 번이었다. 시간이 흐를수록 가까워져야 하는 관계가 어색해지고 있을 무렵 그가 내게 낚시를 가자고 제안했다.

　　헬멧을 쓰고 오토바이 뒷자리에 올라탔다. 타고 보니 어쩔
수 없이 그의 허리를 잡아야 했다. 오토바이가 속도를 낼수록 엉거주
춤 잡았던 손에 힘이 들어갔다. 불안해서 허리를 껴안았다. 이상하게
도 그와 내가 정말 가까운 사이 같았다. 주위에 풍경은 싱그러웠고 우
리는 서로 소중한 사람이 된 듯했다.

　　나란히 앉아 강물 위에 붉은색으로 내려앉은 찌를 바라보았다.
말수가 점점 줄었다. 어색한 침묵이 한동안 계속되었다. 그의 갈등
이 내게 전해지는 것 같았다. 하지만 나는 일어나지도 않은 일에 대
한 철저한 방어 방법을 고민하느라 침묵하고 있었다. 그러기 위해선
낚시에 집중하는 것뿐이라는 판단을 했다. 멀쩡한 미끼를 다시 끼우
기도 했고 그에게 낚시 비결을 물어보면서 시간을 벌었다.

해가 산에 반쯤 걸쳐 있을 때 우리도 일어났다. 왔던 길을 같은 모습으로 돌아왔다. 돌아오는 길에 그의 등이 왠지 허전하게 느껴졌다. 오토바이에서 내려 헬멧을 벗고 그에게 작별인사를 하려는 순간 나를 벽으로 밀었다.

그와의 만남은 더 이상 이어질 수 없었다. 그 후로는 기억이 하나도 없는 것을 보면 어쩌면 나의 절대적인 방어기제인 성경 철학이 그를 내게서 멀게 했던 모양이다. 하지만 지난날 그와 인연이 나를 한 계단 성숙시켰을 것이다. 이렇게 푸른 날, 푸른 기억으로 들어가 그 시절 나를 만나고 오는 길이 푼푼하다.

어떤 사랑

머리카락을 심었다. 머리숱이 없어지니 초라해 보여 고민 끝에 심어버렸다. 주위에서 젊어 보인다니 잘한 일인 것 같다. 외모를 가꾸는 일은 내겐 중요한 일이다. 얼굴에 성형도 했다. 성형뿐 아니라 피부 관리도 자주 받고 있다. 남부의 태양은 피부를 빨리 늙게 만들어 늘 긴장을 한다.

남편은 나보다 열네 살 적다. 이제 서른 후반이다. 오십을 넘긴 여자랑 살 섞고 사는 남편을 생각하면 미안하다. 조금이라도 젊어 보이기 위한 일이라면 무엇이든 할 수밖에 없다. 머리카락을 심거나 주름을 없애는 일은 아프고 고통스럽다. 하지만 고통을 감수하는 일이 다시 혼자가 되는 일보다는 낫다.

　　미국 생활을 동경했던 어린 시절 군인이었던 백인 남자를 따라 이곳으로 왔다. 그와 결혼을 했고 잠깐 행복했다. 영원히 행복할 것 같던 결혼생활은 오래되지 않아 금이 갔다. 문화와 환경이 다른 생활을 했던 두 사람이 부딪히는 일은 오히려 자연스러웠다. 병원에서 불임 판정을 받고 이혼을 결심했다.

만신창이로 이혼을 한 뒤 몇 년간 식당에서 종업원으로 일을 했다. 일을 해서 번 돈을 모아 '뷰티 플라이 숍'을 운영하게 되었다. 흑인들을 상대해야 하는 일이 겁이 났지만, 그 사업이 인기가 있었다. 흑인들은 한국에서 만든 아기자기한 물건들을 좋아했다. 다행히 손님도 많았다.

가게가 번창할수록 위험이 커졌다. 서랍 속에 총을 넣어두고 매 순간 긴장했다. 곳곳에 카메라를 설치해 두었지만, 물건이 없어지는 것은 다반사였고, 일하는 점원들이 연락도 없이 그만두는 것도 예삿일이었다. 혼자 감당하기 힘든 생활이었다. 기댈 곳도 없었다. 무사히 하루를 보내는 것이 전부였다.

그 무렵 물건을 넣어주기 위해 한 번씩 젊은 남자가 찾아왔다. 물건을 배달하고 진열해주는 일이었다. 한인이 운영하는 업체와 거래를 했는데 배달해주는 사람도 한국 남자였다. 만남이 이어지자 조금씩 사적인 이야기를 하게 되었다.

그도 이혼 경험이 있다는 것을 알게 되었을 땐 몇 개월이 지난 뒤였다. 네 살 된 딸이 있다고 했다. 혼자 딸을 키우며 사는 남자였다. 아이를 낳지 못하는 나는 그때 벌써 아이를 욕심낸 게 아니었을까 생각해 본다. 그 이후 빠르게 친해졌다. 서로 위로해 줄 수 있는 무엇이 마음의 벽을 허물었던 모양이다. 중년의 이혼녀와 이십 대 후반 가난한 홀아비는 그렇게 시작했다.

　　어머님은 아들이 나이 든 여자와 같이 살겠다고 말하자 노발대발했다. 얼마 뒤, 내가 불임이라는 것을 알고 조금 안심하는 듯 보였다. 어린 손녀를 위해서도 나쁠 것 없었을 테니까. 번듯한 가게가 있다는 것도 마음에 들었던 모양이다. 같이 살아도 좋다고 허락해줬다.

자신보다 열네 살이나 많은 여자가 사랑스럽기야 했을까마는 처음엔 나를 많이 위해 주는 것 같았다. 가게 문을 같이 열었고 옆에 있어 무서움이 덜했다. 어두운 퇴근길에 운전해 주는 것만으로 고마웠다. 그러나 젊음을 떠나 어린 남편이 적응하기엔 쉽지 않았다. 밖으로 나도는 일이 많았다. 남편은 조금씩 가정에서 멀어졌다. 결혼생활을 실패했던 경험을 반복할 수는 없었다. 내가 할 수 있는 일이란 딸에게 집착하는 일이었다. 정상적인 가정을 갖는 일이 남들에겐 흔하고 쉬운 일처럼 보이는데 내게는 너무나 힘들었다.

　　아이는 온전히 내게 다가왔다. 엄마라 부르며 내 손을 잡은 딸이 목숨보다 귀하게 여겨졌다. 딸이 커가는 모습을 보며 남편의 방황도 견딜 수 있었다. 삶의 초점에 따라 큰일도 별일이 아닌 일이 되는 모양이다. 자식이 주는 행복을 어디에 비유할까. 엄마에게 한 번 버림을 받았던 일이 딸에게도 상처가 되었던 모양이다. 애틋하고 불쌍한 마음이 서로를 끈끈하고 질기게 연결했다.

　　지천명을 훌쩍 넘긴 지금 지난 일을 떠올려 본다. 백인 남자에게 버림받았던 내가 남편을 만났다. 한국 남자라는 것만으로도 좋았다. 같은 나라에서 어린 시절을 보냈다는 공통적인 추억이 있어 대화는 즐거웠다. 그러나 젊은 남편이 나를 떠날까 늘 불안했다. 주위에서 나를 보는 시선도 신경이 쓰였다. 열네 살이나 적은 남자와 같이 사는 게 죄를 짓는 일 같았다. 그래서 딸에게 더 집착했는지도 모르겠다.

　　딸과 내가 서로에게 울타리가 되어 주는 사이 남편에게 몇 차례 바람이 지나갔다. 바람이 일 때마다 울타리는 출렁거렸다. 권태기도 함께 왔다. 내가 할 수 있는 일은 딸을 안고 모든 것이 지나가기를 기다리는 것뿐이었다.

243

위태로웠지만 세월은 흘렀다. 딸도 대학생이 되었다. 대학교에 입학하던 날 딸과 나는 많이 울었다. 나는 딸에게 고맙다고 울었고, 딸은 내게 고맙다며 울었다. 남편은 아빠 노릇을 못했다며 미안해했다. 모든 것은 지나간다는 말은 진리인 것 같았다.

몇 차례 불던 바람도 지쳤는지 조용하다. 남편도 살갑게 구는 것이 가정으로 돌아오는 중인 모양이다. 그런 남편을 위해 나는 머리카락도 심고 피부도 관리한다. 세월은 흘렀지만, 남편은 아직도 젊기에.

고해

칠흑같이 어두운 밤입니다. 이런 밤이면 습관처럼 당신을 떠올리며 눈을 감습니다. 그리고 두 손을 모아 가지런히 무릎에 올립니다. 이미 마음엔 당신 생각으로 가득합니다. 푸석한 가슴에 물봉선화 하나 피운 듯 밝은 불빛이 스멀거립니다. 무기력하던 입술에 생기가 돌고 손끝에는 단단한 그리움의 꽃이 익어갑니다. 당신의 사랑이 생의 절절한 욕망과 뻔뻔한 열망으로 가득했던 나를 번뇌의 넝쿨에서 벗어나게 했음을 고백합니다.

245

출렁거리는 마음을 껴안고 젖은 눈을 다시 뜹니다. 허공을 떠돌고 있는 그리움은 금방 서러움으로 변하고 그 서러움의 길이 깊어집니다. 더러는 헝클어진 잡초의 뿌리처럼 단맛 나는 흙 속을 파헤쳐 들었으며 은밀한 속삭임에 속아 살갗의 강렬함을 쫓아 유영했습니다. 소란한 어둠을 좋아했고, 죽음을 갈망하는 자들과 손을 잡았습니다. 짜릿한 쾌감을 위해 검은 입맞춤도 망설이지 않았지요.

당신이 나를 지배하고 내 마음을 송두리째 빼앗아 가버린 것이 싫었던 때도 있었지요. 감당하지 못할 절제를 요구하는 당신이 겁이 났습니다. 곧고 바른길을 열어 놓고 걸어가는 당신을 외면하고 싶었습니다. 벗어나려 버둥거렸고, 스스로 휘어지려 했습니다. 혼돈은 절망의 삶을 살게 했습니다. 조각난 내 삶의 여정은 늪에 빠져 점점 헤어날 수 없었지요. 허우적대는 초라한 모습을 보이고 싶지 않았습니다.

사막처럼 황폐한 거리에 쓰러진 나를 업고 달려온 것이 당신이란 걸 안 뒤에도 나는 떠나가 달라며 험한 말을 퍼부었습니다. 절망하고 방황하며 당신과 가장 먼 거리에 있기를 고집하기도 했습니다. 당신을 외면하는 사람과 달콤한 호흡에 끌려 불꽃같이 타오르는 사랑의 은밀함을 즐겼지요. 질투를 위해서 겉모습을 유희하는 자들의 손을 잡고, 욕망의 허기를 채웠습니다. 그때의 방황 기억하시나요.

더러는 좌절과 방황이 약이 되기도 한다지요. 헝클어진 삶은 나를 향한 당신의 사랑을 깨닫게 해주었습니다. 병들고 적막한 내 영혼을 위해 당신은 우셨어요. 그랬지요, 오롯이 내 뒤에 서 있었지요. 따뜻한 품으로 나를 안아 주었지요. 외롭다 못해 온몸의 촉감이 미어질 때 당신이 나를 위로해주었지요. 스스로 창살을 세우고 감옥을 만들어 틀어 앉아 있을 때 내 손을 잡은 것도 당신이었습니다.

매 순간 내 안에 있는 당신을 사랑합니다. 무릎을 굽히고 나를 길들이시는 당신에게 순한 양일 수밖에 없음을 고백합니다. 숨 쉬는 순간순간 호흡을 같이하며 그림자와 같이 눈동자 같이 세워 주는 그 사랑을 깨닫습니다.

창 너머 세상에 귀 열어둔 채 당신을 모르는 사람이라 부인하면서 살았던 기억도, 그대 향해 가는 길에 잠시 몸 뉘었던 것일 뿐이라 고백합니다. 숱한 날, 삐뚤어진 생각들이 당신의 눈으로 보면서, 세상의 아름다움을 알게 되었고 모든 것에 감사할 줄 알게 되었습니다. 그리고 나를 귀히 여길 줄도 알게 되었습니다. 당신으로 해서 우주를 보게 되었습니다.

　　천 년이 흘러도 내가 잘한 것 첫째는, 당신을 만난 것입니다. 둘째는, 당신을 사랑한 것입니다. 셋째는, 당신을 내 것으로 만든 것입니다. 찬바람이 겨드랑이를 파고들어도, 옹벽이 사방에 싸여 있어도 마음속에 당신을 느끼므로 두렵지 않습니다. 광장 한복판에 홀로 서 매서운 바람을 온몸으로 맞아도 그대와 함께라는 확신으로 나는 참고 견딥니다. 지구 반대쪽에 우리 서로 서 있다 해도 나 당신 생각으로 행복합니다. 꽃이 흔들리는 것이 바람 때문이듯, 내가 흔들리는 것은 당신이 있기 때문입니다. 해바라기가 해를 바라보듯 나 또한 당신만 바라볼 것을 약속합니다.

블라인드

김해자 지음

발행처·도서출판 **청어**
발행인·이영철
영 업·이동호
홍 보·천성래
기 획·남기환
편 집·방세화
디자인·이수빈
제작부장·공병한
인 쇄·두리터

등 록·1999년 5월 3일
(제321-3210000251001999000063호)

1판 1쇄 인쇄·2019년 11월 1일
1판 1쇄 발행·2019년 11월 10일

주소·서울특별시 서초구 남부순환로 364길 8-15 동일빌딩 2층
대표전화·586-0477
팩시밀리·0303-0942-0478

홈페이지·www.chungeobook.com
E-mail·ppi20@hanmail.net
ISBN·979-11-5860-696-1(03810)

이 책은 울산광역시와   울산문화재단 에서 문예진흥기금을
보조 받아 발간되었습니다.